DUCHESSES *rebelles*

ANNE-MARIE DESPLAT-DUC

DUCHESSES *rebelles*

L'INTRÉPIDE COUSINE DU ROI

Flammarion jeunesse

87, quai Panhard et Levassor – 75647 Paris Cedex 13
ISBN : 978-2-0813-4468-6

Je remercie ma fille, Magali, pour la lecture attentive de ce texte et ses conseils judicieux.

Note de l'auteur

La question qui m'a été le plus souvent posée au sujet de ma série « Les Colombes du Roi-Soleil » est la suivante : « S'agit-il d'histoires vraies ? »

Et j'étais obligée de répondre : « Non. Si le contexte historique est exact, la vie de ces héroïnes est imaginaire. »

J'ai senti que plusieurs de mes lectrices étaient déçues.

Alors, j'ai eu envie de vous raconter des histoires vraies, celles de demoiselles ayant vécu au cours de ce fabuleux XVIIe siècle et qui ont eu des destins exceptionnels.

Cette nouvelle série met en scène des duchesses qui ont de près ou de loin été mêlées à la Fronde, cette révolte qui a failli coûter le trône au jeune Louis XIV. Elles ont toutes vécu à la cour de France. Elles étaient amies ou rivales... Mais à un moment ou à un autre, elles ont décidé de sortir de l'ombre et de prendre leur destin en main...

Ces demoiselles de qualité vont vous entraîner dans ce pays-ci où les intrigues, les trahisons, la passion, la piété se mêlent... Laissez-vous emporter.

Mon exil à Saint-Fargeau[1] me pesait.

Comme j'étais habituée à la vie trépidante de la capitale, le calme de la campagne m'était insupportable. Les soirées de divertissements où se pressaient les dames et les seigneurs des plus grandes familles me manquaient. Je regrettais le temps où princes, ducs, marquis se disputaient l'honneur de me faire danser, où notre jeune roi Louis me faisait un brin de cour...

La Fronde était la cause de mon exil. J'y avais participé avec toute la fougue de ma jeunesse... je n'étais point la seule. Et je crois bien que c'était la première fois que des dames de qualité s'impliquaient dans une guerre civile.

J'eus soudain l'envie de revoir celles qui eurent, à un moment ou à un autre, un rôle dans cet épisode

1. Dans l'actuel département de l'Yonne.

tourmenté : la duchesse de Chevreuse[1], la duchesse de Longueville[2], la duchesse de Nemours[3], la duchesse de Châtillon[4], la duchesse de Montbazon[5], Madame la Princesse[6] et même la reine d'Angleterre.

Je les avais côtoyées, nous nous étions appréciées ou détestées, parfois affrontées, mais nous avions toutes en commun notre haine du Mazarin et notre désir de voir notre gentil roi prendre seul les rênes du pouvoir.

Lorsque j'en parlais à Mme de Fiesque, ma gouvernante, elle me répondit :

— Je ne pense pas, Mademoiselle[7], que ce soit une bonne idée. La plupart de ces dames ont, comme vous, été contraintes à l'exil. Il est préférable de tourner la page et de ne plus évoquer ces pénibles événements. Vous risqueriez de contrarier Sa Majesté.

— C'est que je m'ennuie fort...

— Relisez donc *L'Astrée*[8] ! Le roman est si long qu'il occupera votre temps agréablement.

Je haussai les épaules. Demeurer assise à lire n'allait guère à mon tempérament. Et puis, il est vrai que lorsque j'avais une idée en tête, il était bien difficile de me l'ôter... pour l'heure, j'avais envie de revoir les

1. Marie-Aimée de Rohan (1600-1679), duchesse de Chevreuse.
2. Anne-Geneviève de Bourbon (1619-1679), duchesse de Longueville.
3. Marie d'Orléans, dite Mlle de Longueville (1625-1707), duchesse de Nemours.
4. Isabelle-Angélique de Boutteville-Montmorency (1627-1695), duchesse de Châtillon.
5. Marie de Bretagne (1610-1657), duchesse de Montbazon.
6. Claire-Clémence de Maillé (1628-1694) porte le titre de Madame la princesse en épousant le prince de Condé.
7. Mademoiselle est le titre que portait Anne-Marie-Louise de Bourbon-Orléans, duchesse de Montpensier. Elle est la fille de Gaston d'Orléans, frère du roi Louis XIII.
8. Roman d'Honoré d'Urfé publié entre 1607 et 1627 qui compte plus de 5300 pages.

frondeuses ! Cela me permettrait de revivre ces années un peu folles durant lesquelles nous nous étions illustrées au même titre que les hommes pour chasser Mazarin, ce ministre détesté.

Comment m'y prendre ?

Tout à coup, je pensais à ce que m'avait dit Mme de Fiesque au sujet de *L'Astrée.*

Voilà le bon motif pour lancer des invitations ! En effet, il était très à la mode dans les salons de se divertir en se posant des questions sur *L'Astrée.* Celle qui répondait mal devait offrir un présent à celle qui avait imaginé l'énigme. J'allais donc envoyer une invitation pour un divertissement autour de *L'Astrée.*

Je choisis avec soin la date. Pas trop proche afin qu'elles aient le temps de s'y préparer et point trop lointaine afin qu'elles ne l'oublient pas. Je n'indiquais pas le nom de toutes celles que j'invitais pour ne pas décourager celles qui n'avaient peut-être pas envie de se revoir. Après tout, lorsqu'un divertissement était organisé, nous ignorions qui nous allions rencontrer.

Je rédigeai aussitôt mes billets, et les fis porter... parce que, je savais où toutes ces dames demeuraient. Si Mazarin et le roi avaient leurs espions, quelques personnes de mes amis continuaient à me tenir informée des événements du royaume.

À peine mes missives parties, l'inquiétude s'empara de moi.

Et si aucune ne me répondait ? Quel affront ce serait !

Je passais quinze jours assez difficiles, à m'emporter pour un rien, à me plonger dans la rêverie, à me ronger les sangs. Parfois je me disais : « Ai-je bien fait ? Ne vais-je pas au-devant de cruelles déceptions ou, pis encore, de querelles ou de conflits ? » Et d'autres fois, je me disais : « Nous retrouver après ces éprouvantes et belles années sera fort agréable et toutes me féliciteront pour cette bonne idée ! »

Lorsque le jour arriva, mon angoisse était à son comble. Mme de Fiesque l'entretenait en me serinant depuis la veille que personne ne répondrait jamais à une invitation aussi saugrenue.

Je me fis apprêter avec soin. Il n'était pas question d'inspirer la pitié. J'étais princesse du sang, cousine du roi et je me devais de tenir mon rang en toutes circonstances. L'exil n'y devait rien changer. J'étais dans un tel état de transes que je houspillais Rosette qui ne trouvait plus la paire de bas assortie à ma jupe de soie bleue puis je grondais ma camériste qui me tirait trop fort les cheveux afin de les boucler. Même en plein cœur de la bataille à Orléans, je crois bien n'avoir jamais été aussi angoissée.

Lorsque je fus prête, je m'assis à côté d'une fenêtre donnant sur la cour et je pris *L'Astrée* pour tromper l'attente. Mais à peine avais-je lu dix lignes que mon regard se tournait vers l'extérieur.

Et si personne ne venait ?

Je me levais, j'allais vérifier que tout était en ordre, je m'asseyais à nouveau, je saisissais mon livre et je relisais le même passage.

Elles ne viendraient point.

Soudain, les roues d'une voiture bringuebalèrent sur les pavés. Un cocher cria « Holà ! » à ses chevaux. Je sautai sur mes pieds et, discrètement, je m'approchai de la fenêtre. Les armoiries peintes sur la portière me renseignèrent immédiatement, sur le nom de la voyageuse.

« Marie-Aimée, duchesse de Chevreuse », murmurai-je.

La réputation d'intrigante de cette dame n'était plus à faire. Déjà, du temps de Louis XIII, elle avait été mêlée à de nombreux complots dont elle était parfois l'instigatrice. Depuis l'enfance, cette femme me fascinait. Elle paraissait jouir d'une grande liberté et savait user au mieux de ses charmes ! Nous nous étions souvent croisées sans jamais avoir l'occasion de bien nous connaître.

Je dévalai les escaliers à sa rencontre et je l'accueillis avec chaleur.

— Ah, madame, que vous ayez accepté mon invitation me comble !

— Je l'ai reçue avec grand plaisir, Mademoiselle. Les distractions sont rares depuis que la cour nous est défendue.

— Hélas !

— Je n'étais pas fâchée de quitter ma demeure de Dampierre.

— Avez-vous bien révisé votre *Astrée* ?

— Je le connais sur le bout des doigts ! Si ce n'est pas trop indiscret... j'aimerais savoir vos critères pour le choix des participants... j'avoue avoir été étonnée d'être sur la liste...

Je souris en lui expliquant :

— Je n'ai choisi que des frondeuses !

Elle éclata de rire et poursuivit :

— Seigneur ! Si sa Majesté apprenait que toutes celles qui ont comploté contre son cher ministre tenaient une réunion secrète, elle risquerait de nous faire arrêter !

— Cela ne va-t-il pas mettre du piment à notre causerie ?

— J'en frémis... et ce n'est point désagréable... ma vie est si calme à présent !

Nous venions à peine d'entrer dans le bâtiment qu'une calèche pénétra dans la cour. Je demandais à mon majordome de conduire la duchesse de Chevreuse jusque dans mon cabinet et j'allais accueillir ma prochaine invitée. Ainsi, nous serions au moins trois à notre petit divertissement !

Dès qu'elle posa un pied dans la cour, je la reconnus. Elle avait toujours la même magnifique chevelure et des yeux sombres expressifs.

— Madame de Longueville ! m'exclamai-je. Quel bonheur que vous ayez pu venir jusqu'ici !

— Si nous étions plus proches, nous nous verrions plus souvent afin d'égrainer nos souvenirs... mais Montreuil-Bellay[1] où je suis exilée est à plus de

1. Près de Saumur, département du Maine-et-Loire.

soixante-dix-sept lieues de Saint-Fargeau et l'existence au cœur de nos provinces est bien fade, n'est-ce pas ?

— C'est pour cette raison que j'ai organisé cette réunion. Mme la duchesse de Chevreuse est déjà là. Allons la rejoindre.

J'allais guider Anne-Geneviève de Longueville dans mes appartements lorsqu'une troisième voiture pénétra dans la cour.

— Combien avez-vous invité de personnes ? s'informa Mme de Longueville.

— J'ai envoyé un billet à toutes celles qui ont œuvré pour chasser le Mazarin...

Elle me posa une main sur le bras, et ajouta :

— Nous y avons perdu un peu de nos illusions et aussi beaucoup d'amis... pour un résultat décevant puisque ce ministre est toujours auprès de notre roi !

Celle qui descendit de voiture était de mon âge. Je la connaissais bien. Il s'agissait d'Élisabeth-Angélique de Boutteville-Montmorency, duchesse de Châtillon. Elle était, comme toujours, ravissante, souriante, virevoltante. Elle avait la réputation de collectionner les amants et, moi qui ne parvenais point à être courtisée, je me surprenais à l'envier !

— Ah, quel bonheur de quitter Merlou[1]... la province est si ennuyeuse, lança-t-elle en défroissant sa jupe du plat de la main.

— Je pense tout comme vous, madame, répondis-je.

1. Château de Merlou, actuellement Mello situé en Picardie dans l'Oise.

Mme de Longueville salua chaleureusement Mme de Châtillon qui avait toujours été fidèle au prince de Condé, son frère, et me dit :

— Manque-t-il encore des participantes ?

— Oui. Mais toutes ne pourront sans doute point venir.

Comme les nuages venaient d'apparaître, j'abandonnai l'idée de servir la collation sous la tonnelle et je dirigeai mes invitées vers mon appartement. Marie-Aimée de Chevreuse nous y attendait, assise dans l'une des bergères. Elle se leva en reconnaissant les dames qui m'accompagnaient et elles échangèrent quelques phrases de bienvenue.

À peine étions-nous assises que mon majordome vint m'annoncer :

— Mme la duchesse de Montbazon vient d'arriver.

Mme de Chevreuse se renfrogna et me dit d'un ton amer :

— Il n'y a qu'à Dampierre que je suis à l'abri de ma belle-mère ! Partout ailleurs, elle vient me narguer avec sa jeunesse et sa beauté.

— Voyons, madame, la rassurai-je, Marie d'Avaugour est certes plus jeune que vous, mais pour la beauté et l'esprit vous n'avez rien à lui envier.

La duchesse de Montbazon, aussi fraîche qu'une rose et habillée à la dernière mode, entra dans la pièce. Apercevant sa belle-fille, elle s'arrêta sur le seuil, grimaça et, comme je m'approchai pour l'accueillir, elle se plaignit :

— Vous auriez dû me prévenir qu'une certaine personne serait présente, je ne me serais point déplacée.

— Je n'ai point fourni volontairement la liste des invitées... afin de donner à chacune l'occasion d'oublier ses différends pendant quelques heures.

Mme de Chevreuse, que la vie à la cour avait habituée à la dissimulation et à la flatterie, dit à la nouvelle venue :

— Mademoiselle a souhaité réunir les héroïnes de la Fronde. Ne lui gâchons point la fête et, par amitié pour elle, abandonnons nos querelles le temps d'un après-dîner.

— Vous avez raison, admit Mme de Montbazon.

Je fis apporter les tables sur lesquelles avaient été dressées des pyramides de massepains, de confitures sèches, de fruits et je fis servir les boissons.

Presque naturellement, nous en vînmes à discourir sur les travaux que nous avions entrepris dans nos demeures de province afin de leur rendre un peu du luxe que nous avions connu à la cour et que nous regrettions tant. Marie-Aimée de Chevreuse agrandissait Dampierre, Anne-Geneviève de Longueville restaurait Montreuil-Bellay, Isabelle de Châtillon aménageait Merlou et moi, bien évidemment, j'essayais de faire de Saint-Fargeau un domaine digne de moi. Il était étrange de nous entendre parler de toitures, de murs à remonter, de peintre à convoquer, d'ordonnancement de jardins... et nous en rîmes de bon cœur.

Ne partageant point notre intérêt pour les bâtiments, la duchesse de Montbazon demeura coite sur sa chaise.

Je décidai donc que le moment était venu de lancer le jeu sur *L'Astrée* et, prenant un ton badin, j'annonçai :

— Eh bien, mesdames, sortez vos questions, nous allons nous défier.

À cet instant, mon majordome entra et me souffla le nom d'une nouvelle arrivante à l'oreille. Je me sentis rougir. J'avais invité cette dame un peu pour faire pénitence... Je n'avais pas été charitable avec elle. Les rumeurs sur sa mort m'avaient plusieurs fois fait espérer le bonheur. Mais, durant la Fronde, elle avait montré un véritable courage et une grande obstination, mettant tout en œuvre pour faire libérer son époux que le Mazarin avait jeté en prison. Qu'elle ait accepté mon invitation prouvait qu'elle avait une grande âme... car des gens mal intentionnés l'avaient sûrement informée de mon animosité à son égard.

J'allai au-devant d'elle :

— Ah, Madame la Princesse, votre présence m'honore...

— C'est votre invitation, Mademoiselle, qui m'a honorée, me répondit-elle.

Cet échange était des plus hypocrites ! Mais c'était l'une des habitudes de la cour dont il est bien difficile de se démettre !

— Vous avez pu quitter la Flandre où l'on vous a exilée ? s'enquit Mme de Chevreuse.

— J'ai utilisé une ruse qui marche à chaque fois : j'ai prétendu que j'étais souffrante et que seules les eaux de Bourbon[1] me seraient salutaires, et l'autorisation de ce voyage m'a été accordée.

— Eh bien, sommes-nous à présent au complet ? s'enquit la duchesse de Châtillon.

— La reine d'Angleterre ne viendra pas, dis-je.

— Vous aviez convié Sa Majesté ? s'étonna la duchesse de Montbazon.

— Le destin de cette fille de France me bouleverse, assurai-je. Elle avait tout pour être heureuse et c'est le malheur qui l'a frappée. Et puis, elle a toujours été bonne avec moi.

— Sans doute, mais elle n'a point été frondeuse comme nous et ne peut pas faire partie de notre cercle, remarqua Mme de Chevreuse.

— Jouons-nous ? s'impatienta Mme la Princesse. J'ai révisé mon *Astrée* afin d'être la meilleure.

Nous nous installâmes confortablement dans les fauteuils que j'avais fait disposer dos à la cheminée et nous commençâmes le jeu des questions. Mais l'intérêt diminua vitement.

Tout à coup, la duchesse de Chevreuse chantonna à mi-voix, comme si l'air lui avait échappé :

Un vent de Fronde
S'est levé ce matin
Je crois qu'il gronde
Contre le Mazarin !

1. Bourbon-L'Archambault est une ville thermale située dans le département de l'Allier.

C'était le refrain du parti des frondeurs.

Aucune d'entre nous ne parut surprise… et nous le reprîmes en riant.

En fait, nous n'avions qu'un but : évoquer la Fronde, cette parenthèse de notre vie qui nous avait tant fait vibrer ! Et petit à petit, nous abandonnâmes les questions sur *L'Astrée* pour nous interroger sur tel ou tel épisode dont nous n'avions pas connu tous les tenants et les aboutissants. Les discussions devinrent vite passionnées et passionnantes…

Nous nous aperçûmes que nous savions peu de chose de nos vies et que nous nous étions souvent laissé influencer par les médisances, les calomnies ou, au contraire, par une admiration qu'il était utile de nuancer.

— Et si nous écrivions chacune nos mémoires ! lançai-je comme une boutade.

— Ah, sûr, il y en aurait des événements à conter ! admit Anne-Geneviève de Longueville.

— Et d'autres qu'il est préférable de cacher ! plaisanta Marie-Aimée Chevreuse en éclatant de rire.

— Cela pourrait occuper agréablement nos journées, dit Mme la Princesse.

— Oh, je ne saurai pas, avoua la duchesse de Montbazon, et puis à quoi cela servirait-il ?

— À laisser une trace de nos actions. Car sachez bien mesdames que puisque ce sont les hommes qui font l'histoire, ils se garderont bien de dire la vérité sur nos exploits et prendront pour eux seuls toute la gloire de ces belles années de révolte. Et qui alors se souviendra de l'existence d'une duchesse de Chevreuse, d'une duchesse de Longueville, d'une duchesse de Châtillon, d'une duchesse de Montbazon et même d'une princesse ? Personne.

Le silence tomba dans la pièce. Mon discours faisait réfléchir mes invitées.

Mme de Chevreuse fut la première à le rompre :

— Vous avez raison, Mademoiselle. Je veux donner ma version de ce que j'ai vécu.

— Je partage votre opinion, reprit la duchesse de Longueville. N'avons-nous pas été les premières femmes à nous mêler de politique, à prendre les armes pour défendre notre cause ? Il faut que l'Histoire, avec un grand « H » le sache !

— Je crois, effectivement, que cela me plaira beaucoup, enchaîna Mme la Princesse... je doute pourtant que mon époux en soit satisfait.

— Vous n'êtes pas obligée de le lui dire... et écrire dans le secret n'est-il pas encore plus exaltant ? affirma Mme de Châtillon... Je placerai mes feuillets dans un coffret d'argent fermé à clef que je cacherai soigneusement... Cela va mettre un peu de piment dans mon existence.

— Eh bien, voilà qui est dit ! assurai-je... Je propose que nous nous donnions rendez-vous dans un an, même lieu, même heure, afin de se lire les meilleurs extraits de nos textes... chacune choisira celui dont elle est le plus satisfaite...

— Excellente idée ! Que tout cela est excitant ! lança Mme de Montbazon.

— Moins que de comploter contre le Mazarin, ironisa Mme de Chevreuse, mais il faut bien se raisonner... les duchesses que nous sommes doivent ranger leurs armes... et, après tout, écrire peut devenir tout aussi dangereux.

Dès que mes invitées quittèrent Saint-Fargeau, je me mis au travail.

Ce projet me parut tout à coup de la plus haute importance, d'autant que j'allais devoir me mesurer aux autres frondeuses...

Et comme avec les armes à la main, j'espérais bien gagner la partie !

1

L'Enfance

À ma naissance, le 29 mai 1627, mon père, Gaston d'Orléans, fut bien déçu que je fusse une fille. Certes, les hommes préfèrent toujours avoir un garçon, mais mon père avait pour cela de meilleures raisons encore que les autres.

En effet, il était le frère du roi, Louis le Treizième. Ce dernier, bien que marié depuis plus de dix ans à la reine Anne, n'avait toujours pas d'héritier. Aussi, après avoir épousé l'une des plus riches femmes du royaume, la jolie Marie de Bourbon-Montpensier, mon père caressa le rêve d'avoir un fils qui deviendrait l'héritier du trône.

Ce rêve s'écroula quand ma mère mourut des suites de ses couches alors que je n'avais que sept jours.

On me donna les prénoms d'Anne-Marie-Louise et le titre de duchesse de Montpensier. Étant la nièce du roi et la petite-fille de la reine mère, que l'on appelait la reine Marie, on m'octroya un logement aux Tuileries[1] dans un pavillon que l'on appelait le Dôme car il portait aux quatre coins de fort mignonnes tourelles. On prétendait que l'air y était plus pur qu'au Louvre, où la cour vivait dans des bâtiments sombres, bruyants et malodorants. On passait du Louvre aux Tuileries par la Grande Galerie. Dès que j'ai su marcher et surtout courir, je ne me lassais pas de galoper dans ce vaste espace.

On m'attribua aussi toute une ribambelle de personnes qui devaient me servir, mais les seules qui ont marqué mon esprit sont Mme de Saint-Georges, ma gouvernante, Rosette, qui me coiffait et m'habillait et Ursule, une naine engagée pour me distraire.

Mon père venait souvent me visiter. Il était toujours gai, aimait me faire des farces et jouer avec moi. Jamais il ne me grondait, ni ne s'inquiétait de savoir si j'avais été sage, studieuse ou pieuse.

Un jour d'hiver de l'année 1630, je n'avais pas encore quatre ans, la reine Marie arriva pour me rendre sa visite habituelle. Je remarquai vite qu'elle pleurait.

— Je suis venue vous dire au revoir mon enfant. Je suis obligée de quitter la cour un moment...

— C'est injuste.

On m'expliqua aussi que, pendant quelque temps, Monsieur ne viendrait plus jouer avec moi. Cette nou-

1. Tuileries : nom d'un palais situé non loin du Louvre à Paris et aujourd'hui détruit. Il en reste les jardins.

velle m'arracha des larmes. Tous les gens que j'aimais allaient-ils cesser de m'entourer ?

L'angoisse m'empêchait de dormir et, un après-dîner, Mme de Saint-Georges me recommanda d'aller me reposer un peu. Peine perdue, je restai à fixer le plafond et décidai de retourner auprès de ma gouvernante. Elle discutait dans l'antichambre avec Mme de Vendôme.

— Mademoiselle se sent bien seule depuis que la reine Marie et M. d'Orléans ont été exilés sur ordre de Richelieu.

— On prétend qu'ils ont participé à un complot contre le roi.

— Ce ne sont que de vils soupçons.

— Comment ce monsieur de si petite noblesse ose-t-il chasser le frère et la mère du roi ?

Je ne retins de cette conversation qu'une chose : tous mes malheurs étaient dus à Richelieu. Dans ma tête, je l'associais alors au croque-mitaine, ce personnage malfaisant dont me parlait Mme de Saint-Georges lorsqu'elle voulait me faire peur.

Je me souvenais vaguement avoir été présentée à cet homme grand et maigre. D'instinct, je ne l'avais pas apprécié.

Après le départ de la reine Marie et de Monsieur, je fus si triste que pendant plusieurs jours, je ne voulus plus quitter ma chambre et je refusais tous les jeux que l'on me proposait.

— Puisqu'on a chassé mon papa de la cour, je ne veux plus y paraître non plus ! m'entêtai-je.

Et puis l'on m'annonça qu'une fête serait donnée à Fontainebleau sur le canal.

J'aimais trop les fêtes ! Je ne pus résister.

Tandis que Rosette m'apprêtait, bouclant mes longs cheveux blonds et y nouant des rubans, je restai sagement assise sur un ployant pendant de longues heures. J'insistai même pour qu'elle me blanchisse le teint et me rosisse les lèvres. Après quoi, j'avais revêtu jupons, jupe, chemise, bustier que le tailleur avait confectionnés pour moi dans les plus riches étoffes et les plus fines dentelles.

— Je veux être aussi belle que la reine ! avais-je déclaré.

Personne ne m'avait contredit.

Toute jeune, je connaissais l'importance de mon rang. J'étais la petite fille du roi Henri IV, descendante des Bourbons, des Valois, des Médicis, des Habsbourg, des Guise et des Gonzague ! D'ailleurs, les gens s'inclinaient devant moi lorsque je venais à la cour, comme ils le faisaient devant la reine Anne.

D'autres demoiselles de mon âge furent invitées. C'étaient toutes des demoiselles de qualité dont le père servait le roi et dont parfois la mère était au service de la reine. Elles venaient, à tour de rôle, partager mes jeux lorsque nous étions à Paris. Mes préférées étaient Anne-Geneviève de Bourbon, Anne-Louise d'Épernon[1], Isabelle-Angélique de Boutteville, Mlle de Longueville

1. Anne-Louise d'Épernon (1625-1701).

et Claire-Clémence de Maillé. Cette dernière était la nièce de Richelieu. J'aurais dû la détester, mais elle était timide, assez insignifiante et bâillait d'admiration devant moi, ce qui me la rendait sympathique.

Il y eut une bonne collation avec des pyramides de fruits confits, des fontaines d'eau parfumée, des confitures à foison, des massepains moelleux à souhait et toutes sortes de crèmes. Les violons jouèrent pendant que tout le monde s'empiffrait de sucreries. Puis il y eut bal. Je constatais alors avec dépit qu'aucun gentilhomme n'avait ma taille et qu'aucun ne me proposa une danse. Cela me mit de fort méchante humeur.

— Je veux apprendre à danser dès demain, dis-je à Mme de Saint-Georges. Bientôt, je serai la meilleure danseuse de la cour et les gentilshommes se disputeront l'honneur de me tenir la main pour les courantes ou les pavanes.

Une promenade sur le canal illuminé de milliers de lampions s'ensuivit. Les barques étaient toutes ornées de guirlandes de fleurs et de feuillages et tendues de soie. Puisque j'étais princesse du sang, je montai dans l'embarcation de la reine. Mes amies s'installèrent dans d'autres barques. Lorsque nous fûmes dans le milieu de la pièce d'eau, un feu d'artifice se déclencha, nous tirant des « ah ! » et des « oh ! ».

Que la vie à la cour était donc plaisante !

Un jour d'octobre 1634 – j'avais sept ans, l'âge de raison –, on m'annonça le retour de mon père. J'explosai de joie :

— Enfin ! Vite, que l'on me prépare, je veux aller l'accueillir, l'embrasser et lui dire combien il m'a manqué !

— Monsieur arrive ce jourd'hui à Limours, il vous faudra donc attendre un peu pour le voir.

— Je ne veux point attendre. J'irai donc à Limours.

Mme de Saint-Georges ne me contraria point. Je n'étais d'ailleurs pas habituée à ce que l'on me résistât. Elle donna des ordres pour qu'une calèche soit prête à nous conduire.

Soudain, une pensée vint me perturber :

— Croyez-vous qu'il me reconnaîtra ?

— Vous avez beaucoup grandi. Lorsque votre papa est parti, vous n'étiez qu'un enfançon. Vous êtes à présent une jolie demoiselle.

— Oh, c'est ce que je redoute. Il ne va point me reconnaître.

— Voyons, ne soyez pas sotte. Un père reconnaît toujours l'enfant qu'il chérit.

— Et si moi aussi, je n'allais point le reconnaître !

J'étais, je l'avoue, un peu tendue. Avant de pénétrer dans la pièce, j'avais remis bien en place la collerette de dentelle qui ornait mon bustier, j'avais fait bouffer les manches de ma chemise, j'avais tapoté le tissu de ma jupe, puis j'avais demandé à Mme de Saint-Georges de remonter une mèche de cheveux qui dépassait de mon bonnet de dentelle. Je voulais être parfaite pour qu'il soit fier de moi.

Dans la salle, il y avait un groupe important de gentilshommes qui me regardèrent avec, me sembla-t-il, un souris[1] amusé.

— Voyons, me dit l'un d'entre eux, qui de tous ceux-là est Monsieur ?

Je n'hésitai pas une seconde. Mon cœur l'avait immédiatement identifié car j'éprouvais pour lui une immense affection. Je me jetai contre mon père qui me serra fort en m'élevant dans ses bras sous les applaudissements de la foule. Que je l'identifie parmi tous ces gentilshommes sensiblement vêtus de la même manière lui procura un grand bonheur. Ce furent de joyeuses et émouvantes retrouvailles.

— Que puis-je pour vous faire plaisir ? me questionna-t-il.

— Je voudrais danser, lui dis-je... un vrai ballet... un ballet pour moi. Le roi et la reine en ont dansé un dans l'hiver mais on a prétendu que j'étais trop petite pour y participer.

— Trop petite, vous ! s'indigna faussement mon père, mais voyons vous êtes la plus grande des demoiselles de la cour.

Je me rengorgeai.

Il convoqua vitement un maître de ballet, des musiciens et un compositeur, des artisans pour les décors, des tailleurs pour les costumes... Quelques-unes des demoiselles de qualité et des gentilshommes qui

1. « Souris » au XVIIe siècle deviendra « sourire ».

avaient mon âge furent invités à y participer. Nous répétâmes avec acharnement... Tout devait être parfait afin de faire honneur à mon père et montrer au roi et à la reine mes qualités de danseuse.

Les tailleurs se surpassèrent pour nous travestir en fleurs, en papillons et en nymphes pour le ballet du printemps, en soleil, en blé mûr et en fruits divers pour le ballet de l'été, puis en champignons, en écureuils et en faunes pour le ballet de l'automne, enfin en reine des neiges, et en flocons pour le ballet de l'hiver. On m'avait attribué les meilleurs rôles.

Ce ballet fut donné devant la cour. Alors que j'évoluais avec grâce au milieu des fleurs et des papillons dans le ballet du printemps, un incident faillit tout gâcher.

Quatre gentilshommes firent leur entrée en lâchant sur la scène huit colombes qui créèrent la surprise parmi les spectateurs. Las, l'un des oiseaux se prit dans les godrons[1] de la fraise de Claire-Clémence de Maillé qui se mit à hurler. Je la foudroyai du regard pour lui ordonner de se calmer. Elle risquait de compromettre le bon déroulé du divertissement. Elle fondit en sanglots en trépignant de peur.

L'assistance éclata de rire. Mais moi, j'en voulus à cette demoiselle de n'avoir pas su contrôler sa peur et d'avoir nui au bel ordre de mon ballet.

Nous fûmes cependant très applaudis.

1. Plis des collerettes.

Monsieur le comte de Soissons[1], un ami de mon père, qui y assista vint au-devant de moi pour me complimenter :

— Vous avez, Mademoiselle, par votre grâce et votre application, été incontestablement la reine de ce divertissement.

— Je vous remercie, monsieur, lui répondis-je, fière qu'un gentilhomme de sa valeur m'ait trouvée à son goût.

Durant plusieurs mois, tous les trois ou quatre jours, monsieur le comte envoya un de ses amis s'enquérir de ma santé et m'offrir un ruban de soie brodé, des dragées ou d'autres menus présents.

J'étais flattée qu'un adulte de cette qualité s'intéresse à la fillette que j'étais.

Cependant, un soir, tandis que des dames brodaient, le dos contre la cheminée et que l'on me croyait endormie sur un sofa, j'entendis une demoiselle d'honneur de la reine, amie de Mme de Saint-Georges, murmurer :

— On dit que Monsieur a promis sa fille au comte de Soissons... mais la pauvrette n'a que huit ans quand le comte en a déjà trente et un !

— Oh, il n'y a là rien d'étonnant. Louis de Bourbon est un parti des plus convenables. Il lui suffira

1. Louis de Bourbon (1604-1641), comte de Soissons, prince du sang de la Maison de Condé.

d'attendre quelques années que Mademoiselle soit nubile[1].

J'ouvris alors les yeux et, devant l'assistance médusée, je lançai :

— Il n'est point roi, alors je ne l'épouserai pas. Les princesses du sang n'épousent que des rois. C'est ainsi dans tous les contes que me lit Mme de Saint-Georges.

Ma repartie les laissa sans voix.

Je décidai d'être moins affable avec l'envoyé du comte afin qu'il comprenne qu'il ne m'achèterait pas avec quelques douceurs.

1. Qui est en âge de se marier et d'avoir des enfants.

2

Voyage à Blois

Durant l'été de 1637, mon père me proposa de venir le rejoindre dans sa demeure de Blois où depuis plusieurs mois il surveillait les travaux d'embellissement confiés au sieur François Mansart.

— Quel bonheur de voyager et de voir du pays ! m'exclamai-je.

Notre première halte eut lieu à Chantilly car le roi et la reine y séjournaient. Las, nous tombâmes en plein drame. Le roi était fort chagrin car on avait découvert, au Val de Grâce, le couvent fondé par son épouse en 1621 et où elle aimait à se retirer très souvent, des lettres compromettantes échangées avec son père le roi d'Espagne. Ses amies, la supérieure du couvent, la duchesse de Chevreuse et son fidèle serviteur La Porte étaient également du complot. La cour regroupée à Chantilly ne parlait que de cette sombre affaire. J'étais persuadée, au fond de mon cœur, que celle que j'appelais affectueusement « Petite Maman » était innocente. C'était un coup monté par l'infâme croque-mitaine !

Révulsée, je demandai aussitôt la permission de l'aller voir dans sa chambre où elle était alitée depuis ce sinistre événement.

Elle était pâle, avait les yeux rougis, mais elle essaya de cacher sa détresse et m'accueillit par des transports de joie comme si j'étais sa fille. Je cherchai comment lui changer les idées.

— Savez-vous, petite maman, que Monsieur le comte de Soissons a entrepris de me faire sa cour en me couvrant de douceurs !

— Vraiment ? s'exclama la reine un demi-souris aux lèvres.

— Parfaitement. Il s'est mis dans la tête de m'épouser ! Mais ses douceurs m'écœurent et ses rubans sont laids ! ironisai-je.

La reine éclata de rire. J'avais atteint mon but.

— Ne restez pas ici, ma chère enfant, reprit-elle, l'ambiance y est détestable. Profitez de votre voyage et de votre jeunesse. Amusez-vous...

Nous ne nous attardâmes donc point.

Mme de Saint-Georges et moi partîmes coucher à Soisy, près de Corbeil. Le lendemain, nous gagnâmes Fontainebleau, puis Pluviers[1]. Dans chaque demeure, tout fut mis en œuvre pour me satisfaire.

1. Maintenant Pithiviers.

À Chambord, j'eus la joie de découvrir mon père venu au-devant de moi. Je lui sautai au col sans retenue. Après quoi, il me fit visiter cette demeure qui lui appartenait.

Je regagnai Blois dans son carrosse. Toute la ville vint nous acclamer avec de la musique et des fleurs.

Mon séjour à Blois fut des plus agréables. Mon père était mon partenaire dans tous les jeux d'action qui ont ma préférence : volant, chat perché, colin-maillard, maillet, et aussi à des jeux de gages qu'il perdait à chaque fois. Il me payait alors avec des bijoux. Il semblait en avoir une importante réserve. Tous les grands seigneurs de la région vinrent me visiter : César de Vendôme, demi-frère de mon père et ses deux fils, Louis, duc de Mercœur et François, duc de Beaufort. Ce dernier avait juste vingt et un ans. Il avait belle allure et ressemblait assez à l'image des princes des contes qui faisaient mes délices.

Un beau matin, mon père m'annonça :

— Je veux vous faire découvrir la belle ville de Tours. Nous embarquerons sur la galiote que j'ai fait aménager et nous passerons quelques jours à La Bourdaisière, une maison que je loue pour mon plaisir.

La descente du fleuve fut un enchantement. Les dames de la noblesse de Tours m'accueillirent gentiment. Mon père me présenta une jolie jeune femme brune, de taille moyenne :

— Voici Louison Roger de La Marbellière, une amie. Vous pourrez jouer ensemble, elle n'a que cinq ans de plus que vous.

Nous allâmes souvent à La Bourdaisière. Louison était gentille. Elle savait rire et danser. Mon père appréciait notre complicité et puisque mon père était heureux, je l'étais aussi. Mme de Saint-Georges ne partageait pas mon affection pour la demoiselle et je l'ai entendue dire à une dame de Tours :

— Cette Louison a juste quinze ans !

— Certes, mais il paraît qu'elle est fort vertueuse et qu'elle refuse de céder aux avances de Monsieur.

— Oh, elle finira bien par céder. Comment résister à un prince qui sera peut-être roi prochainement...

Je ne compris la signification de cette conversation que beaucoup plus tard.

Afin de me distraire, mon père fit donner de nombreuses comédies et beaucoup de fêtes. Mais ce que j'appréciais par-dessus tout, c'était les récits de ses aventures qu'il faisait avec beaucoup de grâce et de naturel comme un parfait homme du monde. Je lui réclamais souvent qu'il me conte comment il était devenu amoureux de Mme la princesse Marguerite de Lorraine[1] qui n'avait que quatorze ans lorsqu'il l'avait vue pour la première fois à Nancy à la cour de son frère Charles IV, duc de Lorraine. Il me dit avec tristesse qu'il avait dû

1. Marguerite de Lorraine (1613-1654).

la laisser en Lorraine en attendant d'avoir l'accord de la reine pour pouvoir l'épouser. C'était une histoire propre à enflammer mon imagination.

Las, l'hiver arrivait et je pris donc congé de mon père pour regagner Paris. Mon départ se fit dans les larmes et les embrassades et force promesses de ne point être séparés longtemps.

3

Un dauphin

Ce furent d'abord des chuchotements dans les antichambres... La rumeur débuta aux alentours de la Noël 1637.

Les dames, en se croisant dans les salons, se souriaient en disant :

— Êtes-vous au courant, ma bonne ?

— Vous voulez parler de la reine ?

— Oh, c'est si imprévu, si merveilleux que...

— Je n'ose y croire.

— Remercions les cieux et prions pour que tout se passe bien.

Bien évidemment, j'ouvrais grand mes oreilles chaque fois que je surprenais ces bruits et, comme les autres, j'attendais confirmation afin de ne pas me réjouir trop vite.

Mme de Saint-Georges me l'annonça un soir de janvier de l'année 1638. Elle le tenait de son amie Marie de Hautefort, dame d'atours de la reine :

— Notre souveraine est enceinte. Elle a tant prié, tant fait de pèlerinages à Notre-Dame-de-Bonne-Nouvelle que le Seigneur l'a enfin entendue.

— Je veux aller la féliciter et l'embrasser sur l'heure !

— Ce n'est pas possible. Sa Majesté vient de partir pour Saint-Germain. Le roi souhaite protéger son épouse des dérives de la cour. Vous n'êtes pas sans savoir que la reine a déjà fait plusieurs fausses couches et qu'elle avance en âge. Cette grossesse est celle de la dernière chance, soupira ma gouvernante.

— Alors, faites vite préparer ma voiture. Nous partons pour Saint-Germain.

— C'est que M. le cardinal m'a fait savoir que vous n'étiez point la bienvenue.

— Co... comment ! bredouillai-je. Ce Monsieur qui est mon parrain m'empêcherait de voir ma marraine ?

J'étais outrée.

Je quittai ma chambre en courant et, m'engouffrant dans la galerie, je débouchai dans les Tuileries comme si j'avais eu le diable à mes trousses...

— Anne-Marie, soyez raisonnable ! me suppliait Mme de Saint-Georges en essayant de me rattraper.

Les gardes me reconnurent et, devant ma précipitation, soupçonnèrent que j'avais une information de la plus haute importance pour le ministre. Aussi m'ouvrirent-ils les portes de son bureau sans que j'aie la peine d'inventer une menterie.

Richelieu était assis près de la cheminée, une liasse de papiers à la main.

— Monsieur, attaquai-je, on me dit que vous m'interdisez de me rendre au chevet de la reine.

— Ah, ma chère enfant, vous savez combien je vous ai en haute estime, commença-t-il d'un ton suave.

Hors de moi, je ne l'écoutai pas et j'insistai :

— Ma place est à Saint-Germain auprès de ma marraine.

— Je suis votre parrain et il ne me paraît point que la fille de Monsieur soit la bienvenue auprès de Sa Majesté qui attend notre futur roi.

Brusquement, je compris ce qu'il avait en tête et je m'en étranglai presque de rage :

— Me soupçonneriez-vous de vouloir empêcher la venue au monde de cet enfant... par... par amour pour mon père ?

— Vous me prêtez de bien sombres pensées. Moi qui, devant Dieu et les hommes, ai pris l'engagement de vous soutenir.

— Je... je...

Le regard d'aigle du cardinal me transperçait et les mots ne me venaient plus.

— C'est que Monsieur le duc d'Orléans perdra ses prérogatives au trône de France si un dauphin vient au monde.

— Je le sais, parvins-je à articuler.

Percevant mon trouble, il en profita pour lâcher la phrase qu'il m'avait déjà répétée plusieurs fois pour m'amadouer.

— Souvenez-vous que, le moment venu, je vous ai promis un parti digne de vous.

Cet homme avait le don de retourner toutes les situations à son avantage. Je revins pourtant à la charge.

— La reine est, pour moi, la mère que je n'ai point connue. Et l'enfant qu'elle porte sera comme un frère ou une sœur. Je ne ferai jamais rien qui risquerait de compromettre la grossesse d'une personne que je chéris si tendrement. Je vous en donne ma parole d'honneur.

Il garda un moment le silence puis, paraissant convaincu par mon serment, il me dit :

— Je connais votre droiture, mademoiselle. Je vous autorise à vous rendre au chevet de la reine.

En guise de remerciement, je lui accordai une petite révérence. Il était au-dessus de mes forces d'en faire plus. Dès que nous fûmes sorties, Mme de Saint-Georges qui était restée quelques pas derrière moi me gourmanda :

— Vous auriez dû baiser la main de Son Éminence pour la remercier.

— Je le déteste, marmonnai-je entre mes dents.

— Vous n'êtes encore qu'une enfant, Anne-Marie, ne l'oubliez point et vous devez le respect aux adultes.

— Lui, ce n'est pas pareil, c'est un croque-mitaine, ripostai-je en serrant les poings.

Lorsque je fus au Château Neuf de Saint-Germain, je passais beaucoup de temps dans la ruelle du lit de la reine que les médecins contraignaient à demeurer allongée. Je n'y étais point seule. De nombreuses dames se relayaient à son chevet pour la distraire. Nos assemblées n'étaient point mélancoliques et nous riions beaucoup en imitant les dames absentes, en faisant des grimaces (Ursule m'en avait appris de bien vilaines), en interprétant quelques chansons défendues.

Le roi, que sa timidité maladive n'avait point quitté, fuyait notre cercle... Il préférait loger au Château Vieux et cela nous arrangeait. Nous n'avions que faire de son esprit chagrin. Quand il partit avec son armée en Picardie, il ne nous manqua point.

Lorsque Mme de Saint-Georges était retenue par Sa Majesté et que, avec les plus jeunes demoiselles d'honneur, nous courions nous dégourdir les jambes dans les allées, elles prenaient plaisir, puisque j'étais la plus jeune, à me conter quelques histoires galantes qui me faisaient délicieusement rougir. J'avais hâte de connaître moi aussi les émois qu'elles décrivaient lorsque les sens s'enflamment pour un beau gentilhomme.

— Avez-vous vu *Le Cid* de M. Corneille ? me demanda Anne-Geneviève de Bourbon.

— Ma gouvernante a prétendu que j'étais trop jeune pour ce spectacle.

— Il est vrai que la passion amoureuse y est décrite dans des vers poignants... et si beaux ! On rêve toutes de rencontrer un Rodrigue !

— Tout Paris se rue au Théâtre du Marais pour cette pièce, ajouta Anne-Louise. On a même ajouté des fauteuils sur la scène ! J'y suis allée plusieurs fois et je ne m'en lasse pas.

— Vivement que je grandisse ! m'exclamai-je.

— Oh, mais moi qui suis toute petite, je l'ai vu et j'ai beaucoup pleuré... aucune chance qu'un Rodrigue s'éprenne de moi ! lança Ursule.

Sa repartie nous fit éclater de rire.

Mon père arriva à Saint-Germain le 22 août. Je fus tout heureuse de le revoir et il eut la bonté de bien vouloir me proposer une promenade au bord de la Seine dans la fraîcheur du soir. Il était de fort belle humeur et, lorsque je voulus en connaître la cause, il me répondit :

— La reine accouchera d'une fille. Deux voyantes me l'ont prédit... et elles ont la réputation de ne jamais se tromper. Ainsi, je conserverai ma place dans l'ordre de succession au trône.

Je ne pipai mot. Ma situation était des plus inconfortables et il m'était bien difficile de plaire à mon père et à la reine.

Lors d'un après-dîner, avant que la reine ne s'assoupisse, elle m'avait dit en me prenant la main :

— Si c'est un garçon, il sera votre époux.

Il me parut que le soleil tout entier pénétrait dans la pièce. Elle venait de m'assurer qu'un jour je serais reine de France. J'étais bien certaine d'aimer profondément ce jeune roi qui serait, certainement, beau et plein d'esprit.

— Oh, petite maman, quel grand bonheur ce serait !

Le vilain croque-mitaine me sembla ridicule en me promettant de s'occuper de mon établissement puisque la reine de France elle-même me donnait le dauphin !

Je me sentis grandie et presque intouchable et je priais avec ardeur pour qu'un garçon vînt au monde. Ce faisant, j'avais l'abominable sentiment de trahir mon père.

La reine avait souhaité accoucher dans la chambre du roi. C'était un lieu sacré où elle pensait que les cieux l'assisteraient. Elle y fut transportée le 5 septembre vers les quatre heures après minuit.

Outre la dame Péronne, sage-femme, Bouvard le premier médecin du roi, le premier médecin de la reine et son médecin ordinaire, l'apothicaire et son aide, le chirurgien du roi et celui de la reine, une assistance nombreuse pénétra dans la pièce puisque les reines se doivent d'accoucher en public.

Richelieu, resté sur le front en Picardie, était absent. Il allait rater l'événement !

Je n'y étais pas. Tout au moins officiellement. On avait jugé que, malgré mes onze ans, un accouchement pouvait m'effrayer. Cependant, il y avait tant de remue-ménage que, plusieurs fois, je réussis à me glisser derrière l'une des portes secrètes donnant dans la chambre du roi et à l'entrebâiller.

Ma pauvre petite maman souffrit le martyre durant plus de huit heures. Mon inquiétude était à son comble. Si la reine mourait, je serais une seconde fois orpheline...

Tout à coup, j'entendis, à travers la porte, un cri de délivrance, suivi du vagissement d'un nourrisson.

— Il est né ! m'exclamai-je.

Je courus dans la pièce que je n'aurais jamais dû quitter. Mme de Saint-Georges y entra en même temps que moi. Elle était si préoccupée qu'elle ne me demanda même pas d'où je venais :

— Prions et remercions le Seigneur, me recommanda-t-elle.

— Non, non, allez vite vous enquérir de savoir comment va la reine et quel est le sexe de l'enfant, lui répondis-je.

Elle n'eut pas le temps de quitter la pièce que des cris de joie nous prévinrent :

— C'est un dauphin ! C'est un dauphin !

J'échappai alors à la vigilance de ma gouvernante pour me précipiter dans la chambre de la reine. Il y avait une telle presse que personne ne m'arrêta. Je courus jusqu'à son lit et je lui baisai les mains avec transport.

— Oh, petite maman, je suis si contente que vous soyez en vie et si contente aussi que vous m'ayez donné un petit mari.

Dans un coin de la pièce, mon père faisait grise mine, mais j'étais si heureuse que je décidai d'ignorer sa mauvaise humeur.

4

Mon petit mari

Les clochers de Saint-Germain se mirent à sonner à toute volée, des messagers enfourchèrent leur monture pour porter la nouvelle dans tout le royaume et hors de nos frontières : « un dauphin était né ».

Le moindre village célébra la naissance de Louis-Dieudonné par des feux d'artifice, des tirs de bouëtes[1], des bals, des bûchers gigantesques. On ouvrit des centaines de tonneaux de vin pour régaler les passants et quelques généreux donateurs installèrent des tables couvertes de victuailles dans les cours ou les rues. Le gouverneur de la Bastille fit tirer cent coups de canon et le gouverneur de l'Arsenal fit de même. Pendant plusieurs minutes, Paris fut aussi sonore qu'un champ de bataille, les rires et les chants en plus.

1. Petits mortiers de fer que l'on bourrait de poudre.

J'étais encore au chevet de la reine lorsque l'ambassadeur d'Espagne vint l'informer qu'une infante nommée Maria Teresa[1] était née le 7.

— Quelle heureuse nouvelle ! s'exclama la reine. Ainsi nos deux nations donnent presque le même jour naissance à un dauphin et à une infante. Ne serait-ce point un signe divin ?

Je ne quittais plus la reine ou plus exactement ce poupon grassouillet, baveur et souriant, que j'appelais affectueusement « mon petit mari ».

Il habitait au premier étage de l'aile sud du Château Vieux dans une pièce toute drapée de damas blanc. On lui avait, bien entendu, constitué sa maison qui comptait plus d'une centaine de personnes, mais pour l'heure sa nourrice et sa remueuse suffisaient à le contenter.

Et puis, un triste jour, je reçus l'ordre de regagner Paris.

— M. le cardinal pense que votre place n'est pas dans la chambre de Monseigneur le Dauphin, m'annonça Mme de Saint-Georges, le pli décacheté à la main.

Furieuse, je me rendis aussitôt dans les appartements de la reine à qui je montrai le pli écrit par le ministre.

1. Maria Teresa est la fille de Mme Élisabeth sœur de Louis XIII et du roi Félipe, frère de la reine de France.

— Je n'ai jamais eu à me plaindre de vous ma chère enfant, et je ne vois pas pourquoi on veut vous éloigner de Louis que vous aimez comme un frère, me répondit la reine.

— Le cardinal n'apprécie pas les gens heureux, et il s'applique à défaire les bonheurs simples, résuma Marie de Hautefort.

— Je vais intercéder en votre faveur afin que vous demeuriez avec nous.

— Merci bien, petite maman.

Je sortis, complètement rassurée.

Las, quelques jours plus tard, un nouveau pli arriva. L'ordre était plus sec.

Je me précipitai chez la reine.

— Ri... Richelieu refuse de céder à vos suppliques, bredouillai-je en pleurs. Il me chasse de Saint-Germain.

Mes sanglots attendrirent Sa Majesté et sa dame d'atours qui mêlèrent leurs larmes aux miennes.

— Le cardinal me déteste... et quand je pense qu'il est mon parrain !

La reine sécha mes larmes de son mouchoir de dentelle et me réconforta :

— Soyez patiente, ma bonne, dans quelques semaines, vous reviendrez vers nous.

Le cœur chaviré, je la quittai sur cette promesse.

Cependant, tout en gagnant ma chambre où mes gens s'occupaient à remplir mes malles, une pensée vint brutalement remettre en cause l'espoir que la reine venait de faire naître en moi.

« Et si la reine m'aimait moins ? Et si, maintenant qu'elle était mère, elle reportait tout son amour sur son fils ? Et si elle ne souhaitait plus que je l'appelle "petite maman" ? N'était-ce pas elle, qui, en sous-main, avait suggéré que l'on m'éloigne d'elle ? » Cette pensée me déchira les entrailles. Je réunis toutes mes forces pour ne pas m'écrouler de désespoir en montant les degrés qui me conduisaient dans ma chambre. J'avais tellement besoin de tendresse !

Aussi, lorsque Mme de Saint-Georges m'ouvrit la porte, je me jetai dans ses bras en balbutiant :

— M'aimez-vous, madame, m'aimez-vous ?

— Évidemment, petite sotte, comment pouvez-vous en douter ?

— M'éloigner de « petite... » heu, de Sa Majesté, est si difficile.

Je m'étais reprise au dernier moment pour ne pas dire « petite maman » afin d'essayer d'oublier ces mots si doux, cause peut-être de ma disgrâce.

Avant que je regagne les Tuileries, le cardinal avait exigé que je l'aille voir à Rueil où il séjournait.

Il me réprimanda vertement :

— Il est inconcevable, Mademoiselle, que vous appeliez Monseigneur le Dauphin votre... votre « petit mari ».

— La reine m'y autorise.

— Certes, une fois ou deux pour l'amusement... Encore que, il me semble que vous avez dépassé l'âge de ces jeux puérils. Et puis, convenez-en, cette appellation est par trop familière pour un futur roi de France. Vous n'êtes pas une paysanne s'adressant à un... un laboureur, ventrebleu !

Le rouge de la honte me monta au front.

— Vous devez, vous aussi, au fils de Leurs Majestés, le respect. Vous lui donnerez donc, comme tout le monde, le titre qui est le sien : « Monseigneur le Dauphin ».

Prise en faute, je baissai la tête.

— Il nous plairait également que vous cessiez d'appeler la reine « petite maman ». Vous n'êtes plus une enfant, n'est-ce pas ?

Ainsi, c'est bien ce que je craignais, me souffla une petite voix, la reine m'aime moins depuis qu'elle a un fils.

Des larmes de désespoir coulèrent silencieusement sur mes joues.

5

Où l'on me propose un époux espagnol

L'air de la cour me manquait cruellement bien que les occupations ne me fassent pas défaut. J'attendais donc avec impatience que la reine me mande à Saint-Germain, mais les jours passaient sans que l'on m'appelle.

Enfin un message m'invita à m'y rendre. J'y allai donc avec Mme de Saint-Georges, le cœur battant. Je n'y étais pas retournée depuis deux mois.

L'atmosphère qui régnait dans la chambre de la reine était lourde. Comme Mme de Saint-Georges s'en inquiétait, la reine lui répondit :

— Marie de Hautefort, ma dame d'atours et ma confidente avec qui j'ai partagé tant d'événements heureux et malheureux, a été contrainte de se retirer au Mans. Deux de mes dames d'honneur dont j'étais très proche sont disgraciées également.

— Pourquoi vous a-t-on ôté vos dames favorites ?

— Tout cela est la faute de Cinq-Mars[1] ! Une créature que le cardinal a placée près du roi afin que tous deux puissent le gouverner à leur guise ! C'est parfaitement réussi. Ce jeune éphèbe a tourné les sens du roi. Ils ne se quittent plus. Il obtient tout ce qu'il désire... et il était jaloux de Marie qui entretenait une forte amitié avec le roi. Marie ne m'avait rien caché. Et sa franchise nous avait rapprochées.

— Le dauphin jouait beaucoup avec Marie, ajoutai-je.

— Le roi a perdu toute mesure depuis qu'Effiat de Cinq-Mars est à ses côtés. Sa Majesté l'a nommé Grand Maître de la garde-robe et le couvre de présents somptueux !

— Calmez-vous, Madame, lui conseilla l'une de ses dames.

— Me calmer ! Quand on m'accuse de comploter contre le royaume alors que le roi se laisse mener par le bout du nez par Richelieu et Cinq-Mars qui dilapident le trésor royal sans vergogne !

La reine se passa une main sur le front comme pour chasser ses sombres pensées et, se forçant à sourire, elle reprit :

— Mais laissons cela... je suis bien aise de vous voir ma bonne Anne-Marie. Vous verrez, Louis Dieudonné a beaucoup forci.

La gouvernante nous amena le nourrisson et la reine me montra avec fierté les deux petites dents qui lui avaient déjà poussé sur le devant.

1. Henri Coiffier d'Effiat, marquis de Cinq-Mars (1620-1642).

— Il est si glouton, que Mme de La Giraudière a les seins tout meurtris. Nous avons dû trouver rapidement une deuxième nourrice.

Je lui caressai la joue, mais je l'appelai cérémonieusement « Monseigneur » et plus du tout « mon petit mari ». La reine s'en aperçut et non seulement elle ne m'encouragea point à reprendre cette habitude mais elle me dit :

— Louis est trop jeune pour vous. Mais vous épouserez mon frère, l'infant d'Espagne[1]. C'est un beau capitaine qui se bat actuellement en Flandre. Il serait temps que nos deux royaumes cessent de se faire la guerre et quel beau gage de paix que de marier un fils d'Espagne à une petite fille d'Henri IV !

— En effet, madame, approuva Mme de Saint-Georges.

La reine soupira et rêva à haute voix.

— L'Espagne est un grand pays. Un pays magnifique. Il y fait toujours beau... Ah, le parfum des orangers en fleur... Nos cathédrales sont belles. Celle de Burgos est chère à mon cœur. Vous découvrirez Aranjuez où il fait si bon vivre dans la chaleur de l'été... El Escorial... Et aussi le palais de l'Alcazar où j'ai passé une enfance si heureuse...

Sa voix se brisa. Elle se ressaisit en ordonnant à l'une de ses dames :

— Allez me chercher le portrait de l'infant qui est dans mon coffre afin que Mademoiselle fasse sa connaissance.

1. Ferdinand né en 1609, fils de Philippe III roi d'Espagne. Il a dix-huit ans de plus qu'Anne-Marie.

Lorsqu'elle eut la peinture à la main, elle me fit signe d'approcher et caressa du bout de l'index le tableau.

— Voyez comme il a fière allure !

Je vis un homme encore jeune, le visage doux et un peu triste, auréolé de cheveux blonds.

— Je vous conseille de faire exécuter votre portrait par le meilleur peintre afin qu'il puisse, à son tour, voir votre mine qui est des plus agréables.

— Je vais m'y employer.

L'infant semblait avenant et il me paraissait que je pourrais m'attacher à lui pour peu qu'il me manifestât un peu de tendresse. Cependant, n'étant pas l'aîné, il n'était pas appelé à régner et cela me chagrina. Je méritais mieux, il me semble, et j'en voulais à la reine de n'avoir pas plus d'ambition pour moi. Quelques mois auparavant, elle m'avait proposé d'être reine de France. C'était deux destinées bien différentes.

La reine ne me retint point à Saint-Germain et je rentrais dormir aux Tuileries, assez tourneboulée.

La saison des divertissements arriva et je m'y jetai à corps perdu. Je ne refusai aucune invitation et l'on me voyait partout, surtout quand il y avait bal. J'aimais beaucoup la danse et l'on m'accordait que je bougeais avec grâce.

J'allais avec mes chères amies, Mlle de Longueville, Mlle d'Épernon, Isabelle-Angélique et Claire-Clémence à toutes les assemblées que Mme la comtesse de Soissons organisait à l'hôtel de Créqui et à celles de Mme la

Princesse de Ventadour et nous avions grand plaisir à nous y retrouver.

Parfois, nous jouions les coquettes en refusant exprès une danse à un gentilhomme qui s'était fait longuement prier pour être de notre bal.

— C'est la deuxième fois que M. de Joyeuse vient vous demander, dis-je à Anne-Louise.

— Et c'est la deuxième fois que je lui refuse, me répondit-elle.

— C'est pourtant un gentilhomme d'une grande maison. Il a belle allure et n'a que deux ans de plus que vous...

— Eh bien, si ce monsieur vous intéresse, prenez-le pour vous ! me lança-t-elle.

Je ne voulus pas la blesser en lui faisant remarquer que la famille Joyeuse n'était pas d'un rang en rapport avec le mien et je m'en tirai par une pirouette.

— Mais c'est de vous qu'il est épris et non de moi... et il a bien raison, vous êtes la plus jolie demoiselle de la cour !

— Oh non ! Il y a beaucoup d'autres demoiselles plus belles que moi !

— Ah, mais l'on m'a affirmé que le duc de Beaufort n'était pas insensible à votre charme... alors est-ce que vous attendez sagement qu'il vous déclare sa flamme ?

Elle rougit et me murmura :

— Non point. Je ne serai ni à M. de Joyeuse, ni au duc de Beaufort.

Claire-Clémence s'approcha alors de nous, une assiette de douceurs à la main, ce qui rompit notre conversation.

— Si vous n'allez pas vers la pyramide de massepains, elle ne viendra pas à vous et il n'en restera bientôt plus !

Nous assistions aussi à des lectures ou à des comédies… et nous eûmes les discussions les plus vives à propos du *Cid*, la pièce de M. Corneille que l'on m'avait enfin autorisée à voir tant j'avais insisté.

— Depuis peu, mon père a pris sous sa protection une troupe de comédiens dont le directeur, un certain Molière a, paraît-il beaucoup de talent pour la comédie, annonça Mlle d'Épernon.

— Je ne goûte point trop les farces, dis-je. Je préfère les tragédies ou les pièces à machine.

— Certes, mais sur les places de nos provinces, les farces ont beaucoup de succès.

Le temps passa donc.

Le roi avait fait agrandir un petit pavillon construit sur une butte du plateau de Versailles cernée par des marais particulièrement giboyeux et où il aimait à se reposer au retour de la chasse. Il venait d'y faire bâtir un portique en pierre à six arcades et une belle terrasse avec une balustrade. Des jardins à la française venaient d'y être plantés. Cependant, la cour n'y était jamais invitée.

— Je déteste cet endroit, m'avait assuré la reine un soir où je l'avais croisée alors qu'elle descendait de son carrosse. L'air y est malsain et le confort plus que rudimentaire.

— Le roi semble beaucoup l'apprécier, il y va souvent.

— Eh bien, qu'il y aille donc sans moi. D'ailleurs personne ne supplie pour y aller... Ce Versailles n'est bon que pour y passer une heure ou deux après la chasse, rien n'y est fait pour l'agrément des dames.

Ne connaissant pas le lieu, je ne pouvais en juger, mais j'abondais dans le sens de la reine pour lui plaire.

De loin en loin, j'allais saluer Monseigneur le Dauphin. Ainsi, c'est à moi que revint l'honneur de lui passer sa première chemise lorsqu'il quitta ses langes. Ce fut un moment fort tendre. La reine me baisa en me disant :

— On ne vous voit pas assez !

— Je suis très occupée et vous aussi, madame, prétendis-je.

Elle ne me contredit point.

L'année de mes treize ans, la reine fut à nouveau enceinte. Mais ce qui touchait à présent la reine m'affectait moins. Je vivais ma vie loin d'elle et mon absence ne semblait pas lui peser. J'avais fini par l'accepter.

Philippe, duc d'Anjou, naquit le 21 septembre 1640. C'est le bruit des canons de Paris qui m'en avertit. On ne m'avait pas priée d'assister à l'événement. Je vins, comme il se doit, présenter mes vœux aux heureux parents mais cela se fit sans manifestation spéciale d'affection.

À cette occasion, je rencontrai mon père. Nous ne vivions pas sous le même toit et parfois plusieurs mois s'écoulaient sans que nous nous croisions. Sa présence me manquait, mais je ne l'avouais point. « Les filles ne sont pas faites pour être dans les basques de leur père », avait prétendu ma gouvernante.

La naissance de ce deuxième garçon l'éloignait un peu plus du trône de France et il était si furieux qu'il m'adressa à peine la parole. Cela me blessa et comme j'avais l'abominable impression d'être à jamais sortie de la vie de la reine, que j'avais pourtant chérie comme une mère, je me sentis seule et bien triste. Je repensais à Ferdinand d'Espagne et je rêvais que notre union soit empreinte de tendresse et de complicité. J'avais tant besoin d'affection.

6

Une bien pénible période

Au milieu des fêtes et des bals où je m'étourdissais, l'année 1641 m'apporta son lot de déceptions et de tristesse.

En juillet 1641, au retour d'un divertissement, Mme de Saint-Georges m'annonça que M. le comte de Soissons qui n'avait cessé de vouloir m'épouser depuis ma plus tendre enfance et qui, je le découvris plus tard, avait même conçu le projet de m'enlever afin d'accélérer le mariage, avait été tué à la guerre. Il avait trente-sept ans.

Comme j'étais persuadée qu'il n'aurait pas fait mon bonheur, je regrettai sa mort, mais je ne le pleurai point.

En novembre de la même année, on apprit le décès de l'infant Ferdinand d'Espagne, frère de notre reine.

— Oh, la reine doit avoir tellement de chagrin ! Elle aimait beaucoup son frère, dis-je.

— Et vous, mademoiselle, vous perdez votre second prétendant, me fit remarquer Mme de Saint-Georges.

— J'aurais pu être heureuse avec ce prince... J'espère que je ne porte point malheur à ceux qui ont le dessein de m'épouser.

— Balivernes ! Ces deux princes n'étaient point pour vous, voilà tout ! Et puis vous n'avez que quatorze ans, vous avez bien le temps de convoler !

— Claire-Clémence de Maillé qui a un an de moins que moi a été mariée au prince de Condé en février de cette année ! Il y a trois ans de cela elle pleurait à chaudes larmes parce qu'un oiseau s'était pris dans sa collerette... et l'on doit à présent l'appeler Madame la princesse.

— Oh, une bien petite madame ! se gaussa Ursule. Souvenez-vous : Afin de la grandir un peu pour le bal donné en l'honneur du jeune couple au Palais-Cardinal, elle portait des souliers si hauts qu'elle avait du mal à marcher...

— Et qu'elle est tombée en dansant une courante !

— Tout le monde a ri. Le roi, la reine et Condé également. Il rêvait sans doute d'épouser une demoiselle d'une plus grande maison... et ma foi, il ne m'aurait point déplu. Il a juste vingt et un ans, de l'allure, et il est prince de l'illustre maison de Condé. S'il m'avait fait la cour, je n'y aurais pas été insensible...

— La reine vous choisira plutôt un roi ou un empereur.

— Certes, mais parfois je regrette de ne pas être une bergère afin d'épouser l'homme pour qui battra mon cœur.

— Voyons, Mademoiselle, ne dites point de bêtises ! me gronda Mme de Saint-Georges.

— Je vous en supplie, ma bonne, si vous apprenez quelque chose concernant une future union, informez-moi afin que je puisse fuir, me cacher. Je refuse que le cardinal dirige ma vie et je n'accepterai d'ordre que de mon père ou de la reine.

Mme de Saint-Georges m'embrassa et m'assura que, pour l'heure, rien n'était prévu me concernant. Je soupirai de soulagement.

À la mi-mai de l'année 1642, mon amie Anne-Geneviève de Bourbon vint m'annoncer toute rose d'excitation :

— Je vais épouser Henri II d'Orléans, duc de Longueville.

Je connaissais le duc, il était veuf et père de mon amie Marie d'Orléans, mais il avait le double de l'âge d'Anne-Geneviève, aussi je m'étonnai :

— Il est bien vieux...

— Certes, mais il appartient à l'une des plus illustres familles de haute noblesse française. J'ai déjà vingt-trois ans et je préfère épouser un vieux duc que de finir ma vie dans un couvent !

— Vous allez donc devenir la belle-mère de Marie d'Orléans puisqu'elle est la fille du duc.

— En effet... mais nous nous entendons bien. Viendrez-vous à mes fiançailles ? Toute la cour y sera.

— Avec joie !

Le jour venu, je choisis avec soin quels rubans agrémenteraient ma robe, quelle coiffure flatterait le plus mon visage et quels bijoux arborer pour impressionner les autres invités.

Je ne manquais aucune danse. De nombreux gentilshommes des meilleures familles sollicitèrent auprès de Mme de Saint-Georges l'honneur de me faire danser.

J'avais quinze ans et, sans fausse modestie, j'étais assez bien de ma personne. Grande, ni grasse ni maigre, j'avais bonne mine, une belle peau, la gorge avantageuse. Mon visage était long, mon nez aquilin, ma bouche bien façonnée, mes yeux étaient bleus, brillants et doux et j'avais de très beaux cheveux blonds. J'espérais que bientôt ce serait mon tour de faire un beau mariage.

J'eus le grand plaisir de danser avec le prince de Condé, frère d'Anne-Geneviève. Il dansait à ravir. Quel dommage qu'il soit marié à Claire-Clémence !

Les mariages et les bals se succédaient... J'en étais tout esbaudie !

Mon insouciance disparut brusquement, à cause d'un événement qui me couvrit de honte pour une personne que je mettais au-dessus de toutes les autres et pour qui j'éprouvais affection et fierté.

Il y eut tout d'abord cet affreux mois de juillet de l'année 1642 au cours duquel j'appris le décès de ma grand-mère, la reine Marie de Médicis. Elle avait terminé ses jours en exil à Cologne sans avoir pu revoir son fils et connaître ses petits-enfants.

Je gardai le deuil comme il se doit en restant enfermée dans ma chambre sans recevoir aucune visite et sans participer à aucun divertissement. Mais cela me fut doux en mémoire d'elle qui m'avait si tendrement aimée dans les premiers jours de ma vie.

Comme je sortais de cette épreuve, une rumeur incroyable se répandit. J'en surpris des bribes alors que je traversais un salon :

— Cinq-Mars a été arrêté à Narbonne. Il est le chef d'une conjuration visant à s'emparer de Richelieu.

— Cinq-Mars, arrêté ? Vous faites erreur. Il est intouchable ! Sa Majesté l'a pris sous sa protection et l'a élevé, depuis peu, au rang envié de Grand Écuyer de France.

— Je le sais de source sûre. Et M. de Thou, son ami, est en prison avec lui.

— D'autres grands noms ont trempé dans cette sinistre affaire.

— Il paraît que les conjurés avaient signé un traité avec l'Espagne prévoyant la restitution de toutes les places fortes conquises par la France en échange d'une très importante quantité d'écus.

— Ah, les traîtres !

Lorsque les dames et les gentilshommes qui bavardaient m'aperçurent, ils baissèrent d'un ton, ce qui me poussa à me glisser derrière les rideaux d'une fenêtre pour en entendre davantage.

— On prétend que Monsieur est du complot..., souffla une dame derrière son éventail.

Mon pouls se mit à battre de façon désordonnée et une bouffée de chaleur m'empourpra. J'aurais dû fuir, mais la curiosité me laissa clouée à mon poste.

— Diantre, pour nuire au cardinal et s'emparer du pouvoir, Monsieur est prêt à tout.

— Pour sauver sa tête aussi, persifla un marquis. J'ai ouï-dire qu'il avait largement chargé ses comparses pour se disculper... et comme il aurait été mal venu de la part du roi d'arrêter son frère, il n'a pas été retenu de charge contre lui.

Je me contins pour ne pas me montrer afin de les détromper. Mon père n'était pas l'homme vil qu'il décrivait. Certes, il détestait le cardinal. Mais il n'était pas le seul ! Il avait sans doute été trompé et contraint par je ne sais quel chantage à participer à ce complot.

— Cinq-Mars et de Thou ont été jugés et condamnés à mort pour crime de lèse-majesté. Ils ont été décapités à Lyon et ont affronté leur sort avec grand courage.

Les yeux noyés de larmes, je jaillis de ma cachette. En me voyant, une dame s'écria :

— Ciel ! Mademoiselle !

Je courus me réfugier dans ma chambre. Devant mon désarroi, Mme de Saint-Georges m'ouvrit les bras et me consola. Mais les mots étaient vains et ne parvenaient point à me calmer.

Une nouvelle fois, mon père fut contraint de s'exiler à Blois. Comme il ne crut pas utile de venir me saluer avant son départ, je me sentis abandonnée.

Après le décès de ma grand-mère qui m'avait tant attristée, l'attitude de mon père me causa un grand abattement et je ne voulus plus sortir de chez moi pendant de longs jours. La honte me rougissait le front et je craignais d'affronter le regard des gens de cour. D'un côté, je ne souhaitais point qu'ils m'associent au forfait de mon père... et d'un autre, l'amour filial que je lui portais me conduisait à compatir à son malheur. Le mieux était donc que je demeurasse loin des potins et que j'attende que le voile de l'oubli tombe sur ce sinistre événement.

Ce fut une bien pénible période.

Fort heureusement, si j'ose m'exprimer ainsi, un événement funeste et salvateur survint, l'année de mes quinze ans. Richelieu trépassa.

Je ne serai point hypocrite en affirmant que cela me peina, car, Dieu me le pardonne, ce ne fut pas le cas. J'étais persuadée que la plupart de mes malheurs, ceux de ma famille, ceux de la reine, de ses enfants étaient sa faute.

Personne ne le pleura... pas même le roi d'après ce que son valet de chambre rapporta à Mme de Saint-

Georges. La reine dut elle aussi se réjouir et je pense que mon père, exilé à Blois, accueillit la perte de son ennemi par des transports de joie.

Paris festoya. On entendit, jusque devant les Tuileries et le Palais Cardinal des tirs de bouëtes, des cris de joie et de la musique qui faisait danser le peuple. J'avoue que je les écoutais avec plaisir et que si je n'avais point été princesse, il m'aurait plu de danser avec ces gens-là pour célébrer la disparition du croque-mitaine.

Je pensais le moment opportun pour aller plaider la cause de mon père auprès du roi et obtenir son retour à la cour. N'étant plus le jouet de Richelieu, Sa Majesté allait recouvrer son jugement personnel.

J'étais heureuse et fière d'œuvrer pour mon père. C'était l'occasion de lui prouver mon attachement et de gagner son attention.

Malgré mon insistance, Sa Majesté refusa de me recevoir. J'en fus profondément blessée. Le roi avait toujours été amical avec moi et je ne comprenais pas qu'il puisse me faire un tel affront. Il faut dire que Richelieu avant que de trépasser avait imposé au roi un de ses amis italiens, Julio Mazarini, qui était devenu cardinal sous le nom de Mazarin. Il agissait tout comme l'infâme Richelieu mais avec plus de finesse et de délicatesse.

Je ne l'aimais pas plus que le précédent.

7

Ma nouvelle gouvernante

Deux mois plus tard, la mort frappa à nouveau et, cette fois, elle toucha une personne qui m'était fort chère parce qu'elle avait su remplir le rôle de mère en me témoignant beaucoup de tendresse. Mme de Saint-Georges, après m'avoir bénie, rendit son âme à Dieu. J'étais anéantie et je la pleurai beaucoup.

— Me voilà vraiment seule, à présent, murmurai-je.

Mon père me choisit la comtesse de Fiesque comme nouvelle gouvernante.

Les premiers jours se passèrent agréablement. Elle me conta mille anecdotes du temps de ma mère qu'elle avait bien connue. Je pensais qu'elle serait de bonne compagnie.

Je déchantai vite.

Elle commença par faire l'inventaire de tous mes bijoux.

— Cela vous empêchera de les distribuer autour de vous, m'affirma-t-elle.

Elle prit ensuite la clef de mon écritoire en m'expliquant :

— Je veux voir tout ce que vous écrivez et à qui.

J'avais jusqu'alors vécu dans la plus grande liberté et cette autorité me déplut considérablement.

Quelque temps plus tard, je fus incommodée par un rhume. Mon médecin m'ordonna des remèdes.

— Cela ne sert à rien, je ne les prendrai point, me butai-je.

— Comment ? s'indigna Mme de Fiesque, seriez-vous plus instruite que ces messieurs de la faculté ?

— Certes non. Mais je déteste les médecines et je me suis toujours mieux portée en les refusant.

— Eh bien, je vais vous apprendre à obéir, moi !

Elle m'enferma dans ma chambre avec défense de m'y aller voir. Être traitée, à quinze ans, comme un enfant récalcitrant me mit dans une grande colère.

Profitant de la venue de Rosette qui m'apportait un bouillon chaud, je m'échappai et je courus jusqu'au cabinet[1] de la comtesse où je savais qu'elle était. Je l'enfermai à double tour et j'emportai la clef.

Elle cria pour appeler les domestiques qui, pour me plaire, ne se hâtèrent pas de venir la délivrer. Cette petite vengeance me procura une joie sans pareille.

1. Petite pièce de travail généralement retirée. De nos jours on dirait un bureau.

Je n'avais pourtant point gagné la bataille car lorsque je recevais quelques-unes de mes amies, elle demeurait dans la pièce pour contrôler notre conversation.

— Vous ne parlez que de bagatelles ! Est-ce que les amours d'Une telle ou d'Un tel, le choix de dentelles et de rubans pour agrémenter un bustier sont des sujets propres à vous élever l'esprit ? me reprochait-elle.

Je craignais de ne jamais m'entendre avec cette dame beaucoup trop sévère. Oh, combien je regrettais la douce et compréhensive Mme de Saint-Georges !

J'aimais aller les après-dîners à l'hôtel[1] de Guise. Marie de Lorraine, duchesse de Guise, y recevait des musiciens, des écrivains, et on avait l'assurance de se divertir plaisamment. Mes amies, Anne-Louise, Isabelle-Angélique, Marie d'Orléans y étaient toujours en même temps que moi. Nous bavardions en nous amusant de tous les potins de la cour. Mme de Fiesque en prit ombrage.

— Vous devez consacrer plus de temps à l'étude et à la prière qu'aux bavardages et pour l'heure, vous faites tout le contraire.

— Étudier m'ennuie. J'assiste à la messe et je fais mes prières. Le reste de mon temps m'appartient.

— On m'a chargée de veiller sur votre éducation et les discussions futiles ne sont point bonnes pour une demoiselle de votre rang.

1. À cette époque, on appelle hôtel une riche demeure.

— Mais qui êtes-vous donc, madame, pour juger de mon rang ?

Ma pique la toucha, et elle quitta ma chambre sans rien ajouter.

Elle ne s'avoua pas vaincue car, bientôt, elle me montra le règlement qu'elle avait inventé et qu'elle avait fait approuver par mon père.

Je le lus tandis que la colère montait en moi.

— Vous ferez le signe de la croix dès votre réveil ! insista-t-elle.

— Je n'ai pas besoin d'un règlement pour le faire, me moquai-je. C'est ce que l'on exige d'un enfant dès qu'il sait se servir correctement de ses bras.

S'ensuivaient d'autres articles du même genre, tous bons pour des enfants en bas âge.

— J'ai bientôt seize ans, madame, et vous me traitez comme si j'en avais quatre !

— C'est que vous n'avez reçu aucune éducation digne de ce nom. Il me faut donc tout reprendre de zéro.

Je continuai de lire.

— Comment ? Vous exigez que j'obtienne l'autorisation de mon père chaque fois que je désire me rendre au Cours[1] ! Mais il n'est que rarement chez lui.

— Cette autorisation me semble indispensable.

1. Le Cours-la-Reine, célèbre promenade créée en 1616 par Marie de Médicis. Elle est située le long de la Seine entre les Tuileries et Chaillot. Elle est composée de quatre grandes allées plantées d'arbres et elle est fermée aux deux extrémités par des grilles.

— Admettez plutôt que vous détestez sortir le soir et que vous avez cherché une excuse pour ne pas m'accompagner.

— Cessez vos enfantillages. La place d'une demoiselle n'est pas à se pavaner au milieu des gens de la cour.

L'animosité grandissante entre Mme de Fiesque et moi remplissait mes journées : tantôt je tentais de l'ignorer, tantôt j'essayais par tous les moyens de lui porter sur les nerfs.

Cependant, une autre dame vint me distraire un peu de ce conflit permanent : Marguerite de Lorraine, ma belle-mère.

Comme mon père me l'avait expliqué lors de mon séjour à Blois quelques années auparavant, il s'était fougueusement épris de la jeune Marguerite de Lorraine lors de son exil à Nancy en 1629 et l'avait secrètement épousée, contre l'avis de la cour. Mon père avait été contraint de regagner la France sans son épouse par la faute du cardinal qui refusait cette union. Les deux époux vivaient donc séparés depuis quinze ans. Le roi venait juste de donner son accord pour l'entrée en France de Marguerite.

Je me rendis donc à Meudon dans la demeure de mon père où elle venait d'arriver. Elle était lasse et point aussi jolie que je ne me l'étais imaginé.

Elle m'accueillit très gentiment.

— Ah, Mademoiselle, me dit-elle, j'aurais grand besoin de vous pour me guider dans ce pays-ci[1] dont j'ignore les coutumes.

— Ce sera un plaisir.

Ce le fut, en effet, car madame était fort gracieuse avec moi.

Entre-temps, le roi était tombé malade. J'allais donc souvent à Saint-Germain pour lui rendre mes devoirs comme il se doit. Et cette fois, Mme de Fiesque n'y trouva rien à redire. Le roi appréciait mes visites. Il m'apprit que, dans les rares moments où sa souffrance était supportable, il composait la musique du *De Profundis* afin qu'il soit chanté après sa mort. Je revenais chaque fois fortement touchée par la sensibilité et la piété de cet homme.

Le roi rendit son âme à Dieu le 14 mai 1643. Je le pleurai comme si j'avais perdu un père.

Le roi Louis XIII était mort. Son fils Louis le Quatorzième avait cinq ans.

Vive le roi !

1. Terme qui désigne la cour.

8

Reine d'Espagne

Les premiers mois de la Régence furent les plus beaux que l'on pût souhaiter.

Le peuple pleurait la mort du roi et, dans le même temps, se réjouissait des belles espérances que lui donnait la régence de la reine. Il avait été fort satisfait que la reine quitte Saint-Germain. Les Parisiens étaient très attachés à ce que leur ville demeurât la résidence de leur roi.

Une seule rumeur venait gâcher un peu la légèreté de cette période : on murmurait que la reine se laissait gouverner par le cardinal Mazarin, comme son époux l'avait été par Richelieu. Moi, j'en étais fort désolée car j'avais la reine en grande affection. Je la suivais dans tous ses déplacements, refusant parfois une invitation afin d'être auprès d'elle. Elle était si belle et douce qu'elle était mon modèle. Depuis la disparition de Richelieu, elle me faisait l'amitié de me mander souvent auprès d'elle et de ses enfants. Je passais des heures agréables à jouer avec les princes, à écouter les violons, et à converser avec elle et ses dames.

Au printemps, la cour quitta Paris pour Rueil où l'air était meilleur. La reine me proposa d'y venir, ce que j'acceptai avec joie. Il y eut de beaux divertissements auxquels je participais avec quelques-unes de mes amies.

Tout aurait été parfait si un désagrément n'était point survenu. Mazarin obtint de Sa Majesté qu'on lui octroie l'appartement que j'occupais à Rueil, ce qui m'obligea à aller loger dans le bourg. Moi, princesse du sang, je jugeais intolérable de devoir céder ma place à cet Italien sans noblesse.

— Ce Mazarin, sous des dehors mielleux, est du même acabit que Richelieu ! explosai-je, tandis que Rosette me coiffait. Il gouverne déjà la reine, la cour et peut-être bientôt le pays !

Nous ne profitâmes point longtemps des belles fêtes nocturnes dans les jardins de Rueil, ni des chasses dans les forêts alentours au cours desquelles les dames rivalisaient d'élégance, se vêtant de couleurs vives et agrémentant leur chapeau d'une incroyable quantité de plumes. En effet, afin de calmer quelques mutins qui voulaient soulever le peuple contre un nouvel impôt appelé le *toisé* [1], le roi dut retourner à Paris. Bien entendu, toute la cour fut du voyage. Je regrettai

1. Il fut décidé de toiser, c'est-à-dire de mesurer les maisons bâties en dehors de l'enceinte de Paris pour leur faire payer une taxe proportionnelle à leurs dimensions.

fort de regagner la capitale où la chaleur rendait l'air irrespirable de puanteur.

L'année 1644 nous réserva bien d'autres surprises.

Monsieur était parti pour la guerre. Si j'eusse été un garçon, j'aurais aimé partager les dangers avec lui. Il assiégeait Gravelines qui se défendait violemment. Sa prise en fut encore plus glorieuse. La joie qui me submergea lorsque j'appris la capitulation de cette ville est inconcevable. Le roi, la reine et beaucoup de personnes vinrent m'en faire compliment, ce qui me combla. J'étais fière d'être la fille d'un homme si valeureux. Pour fêter dignement l'événement, un *Te Deum* fut chanté à Notre-Dame où tous les drapeaux pris à l'ennemi étaient exposés. Nous nous y rendîmes en cortège. Le roi était somptueusement vêtu d'un habit bleu rebrodé d'or et lorsqu'il apparut dans son carrosse doré tiré par six chevaux blancs, les Parisiens massés sur le chemin acclamèrent cet enfant de six ans qui était leur souverain. J'avais revêtu une robe de soie ivoire bordée d'une fine dentelle. Toutes les cloches de la capitale sonnèrent en même temps. Il y eut ensuite des feux d'artifice, des bals et des collations. Tous les seigneurs se pressaient pour être à mes côtés et me louanger. C'était fort plaisant.

À dix-sept ans, j'avais l'impression que le monde était à mes pieds.

Et puis, au milieu de ces réjouissances, une nouvelle nous parvint. La reine d'Angleterre, Henriette de France, sœur de mon père et de notre défunt roi, donc ma tante, avait été contrainte de quitter son pays par la faute de révoltes qui s'y passaient. Elle débarqua à Brest dans d'abominables circonstances qu'elle nous narra plus tard. La reine Anne me fit l'amitié de m'envoyer dans le carrosse du roi l'accueillir au Bourg-de-la-Reine[1].

— Ah, ma chère enfant, me dit cette malheureuse reine sans pouvoir retenir ses larmes, vous voyez une reine dans un état bien peu digne... et si fatiguée...

— Madame, lui répondis-je, c'est un grand honneur pour moi de vous accueillir.

— Je ne pensais pas revoir un jour ma terre de France, soupira-t-elle.

— Elle vous reçoit avec bonheur et vous allez pouvoir vous y reposer.

Elle fut logée au Louvre avec ses dames, ses filles d'honneur, ses gardes, ses valets qui avaient fui avec elle par fidélité pour leur souveraine. Mais c'était en fait une assez piètre maison car peu de chose avait été rapporté d'Angleterre. La cour se pressa dans les salons pour présenter ses compliments à cette reine dont le seul défaut avait été de vouloir promouvoir la religion catholique dans un pays protestant.

C'est à ce moment-là que nous apprîmes le décès de la reine d'Espagne, Élisabeth de France, sœur de la reine d'Angleterre et de mon père.

1. Actuellement Bourg-la-Reine dans les Hauts-de-Seine (92).

— Ainsi, Philippe IV d'Espagne est veuf ! remarqua Ursule. Il va chercher une nouvelle épouse, et, ma foi, vous ne seriez pas une trop vilaine reine d'Espagne.

— Taisez-vous ! hurla Mme de Fiesque qui détestait la liberté d'expression d'Ursule.

Toute la cour prit le deuil de cette fille d'Henri IV. La reine d'Angleterre, que le sort avait déjà bien éprouvée, fut plusieurs jours sans sortir de sa chambre. Je l'allais voir souvent et elle me reçut toujours avec bienveillance.

— Ah, Anne-Marie, votre jeunesse, votre fougue ensoleillent mes sombres journées.

— Si ma présence adoucit vos maux, vous m'en voyez ravie.

Quelques jours plus tard, la reine Anne me fit mander un soir dans sa chambre et me dit :

— Voilà un parti digne de vous, Mademoiselle.

— Notre ambassadeur nous a fait savoir qu'en Espagne cette union est fortement désirée, renchérit Mazarin qui assistait à l'entretien.

— Il y a quelques années, j'avais pensé à votre union avec Ferdinand, le jeune frère de Philippe... las, la mort nous l'a ôté... Et voilà que le destin nous manifeste encore son désir de resserrer les liens entre l'Espagne et la France et ce rôle vous échoit.

— Ce sera un honneur, lâchai-je.

— Le roi a quarante ans. C'est un homme cultivé, sensible. Vous vous entendrez parfaitement, poursuivit la reine. Monsieur sera fort satisfait que vous deveniez souveraine d'Espagne.

— Nous allons nous occuper de donner satisfaction aux deux partis, conclut le cardinal.

Cette fois, il ne s'agissait pas d'épouser un prince mais de devenir reine d'Espagne. Certes, le portrait que je vis de Philippe IV était moins flatteur que celui de son frère, il était aussi plus vieux... mais le rang qui serait le mien était des plus enviables.

Pendant plusieurs mois, je ne parlais plus que de cela. Mes amies me félicitaient, m'enviaient, mais regrettaient toutefois de me perdre...

— Lorsque je composerai ma maison, j'exigerai des dames d'honneur françaises et vous en serez, affirmai-je.

J'étais tout émoustillée par cette belle perspective qui correspondait aux rêves que j'avais depuis l'époque où Mme de Saint-Georges me lisait des contes de fées. Cependant, le destin m'ayant déjà été contraire quelques années auparavant en faisant disparaître l'infant que l'on m'avait promis, j'essayais de garder la tête froide.

Mon père repartit pour la guerre et ses exploits furent largement commentés à la cour. Comme s'il voulait faire un pied de nez à notre famille, le prince de Condé, le mari de Claire-Clémence, prit Dunkerque, ce qui le couvrit d'honneur et de gloire. C'était comme si ces deux brillants militaires se faisaient une concurrence acharnée pour savoir lequel des deux aurait le plus de victoires. J'enrageai que Condé soit plus fêté que mon père, peut-être aussi lui en voulais-je d'avoir épousé

Claire-Clémence... En tout état de cause, c'est à ce moment-là que naquit mon antipathie pour ce prince...

Monsieur quitta quelques jours ses armées pour assister à l'accouchement de sa femme. Le couple espérait que ce serait un fils. Las, ce fut une fille que l'on prénomma Marguerite-Louise. Déçu, mon père rejoignit son armée. J'ose avouer que je ne partageais point trop sa peine. Je craignais fort en effet que la naissance d'un fils qui porterait tous les espoirs de la dynastie des Orléans ne détachât mon père de moi.

Curieusement, après m'avoir entretenu presque quotidiennement de mon union avec le roi d'Espagne, la reine ne m'en parla plus. Mon orgueil m'empêcha de lui en demander la raison. J'essayais, dans la conversation, de glisser une phrase évoquant l'Espagne, mais Sa Majesté faisait comme si elle n'avait point entendu ou alors elle ne me vantait que la douceur de son pays comme si jamais il n'avait été question que j'en devinsse reine. Cela me blessa. Le roi d'Espagne pensait-il tout soudainement que la nièce du roi de France n'était pas d'un rang assez élevé pour devenir son épouse ? La reine prévoyait-elle pour moi un autre établissement ? Comment savoir ? À qui me confier ? Je n'imaginais pas discuter de ma pénible situation avec mes amies et encore moins avec Mme de Fiesque. Une Orléans ne se plaint pas.

Les jours passèrent et un événement vint me distraire quelque peu de mes préoccupations. Comme le malheur des affaires d'Angleterre continuait, le roi, Charles Ier Stuart, envoya le prince de Galles[1], son fils, en France, pour qu'il y soit en sûreté. Ce dernier arriva à la cour qui était à Fontainebleau à ce moment-là.

Quand j'avais appris sa venue, je m'étais adroitement renseignée. Je savais donc qu'il avait à peine trois ans de moins que moi. Je lui trouvais belle allure. Il était grand, la tête agréable, les cheveux noirs et le teint brun. Le seul ennui est qu'il ne parlait point le français.

Tout fut mis en œuvre pour lui changer les idées et je fus de tous les divertissements : chasse, promenade en calèche dans le parc ou en barque sur le canal, bals, loteries... Le prince était charmant. Il semblait avoir oublié ses malheurs. Il riait avec entrain, il dansait bien, et il faisait en sorte d'être toujours à mes côtés.

— Le prince de Galles est épris de vous, me souffla à l'oreille Isabelle-Angélique, alors que nous embarquions pour naviguer sur le canal.

— Qu'allez-vous imaginer ! Il apprécie ma compagnie, voilà tout !

— Bien plus que cela, ma chère... Il vous dévore des yeux et il rougit délicieusement lorsque vous le regardez. Ne me dites pas que vous ne vous êtes aperçue de rien ?

Je souris sans répondre. Je n'avais aucune nouvelle du vieux roi d'Espagne, mais le futur roi d'Angleterre, jeune et séduisant, s'intéressait à moi... Cela me réconfortait.

1. Prince de Galles, futur Charles II (1630-1685).

— Vous avez plus de fiancés que permis, ironisa un jour Ursule.

— Seul le roi d'Espagne est mon fiancé, répondis-je, un peu hautaine.

— Comment ça ? Et le prince de Galles ? Et l'empereur du Saint Empire germanique ?

— Chut ! On vient à peine d'apprendre la mort de sa femme !

En effet, on venait de nous annoncer que Marie-Anne d'Autriche avait rendu son âme à Dieu. Elle était la sœur de notre bien-aimée reine qui en conçut un vif chagrin.

Lorsque je vins présenter mes condoléances à la reine, elle se plaignit :

— Ah, les cieux sont bien cruels de m'avoir ôté un frère chéri, puis une sœur...

Le moment me parut opportun pour évoquer mon union avec le roi d'Espagne et je risquai :

— Et qu'advient-il du roi d'Espagne ?

La reine fit semblant de ne point comprendre ma question et enchaîna :

— La peine doit le miner.

Elle garda un instant le silence comme si elle se concentrait sur une prière muette, puis elle reprit :

— Voilà donc Ferdinand III[1] veuf et encore jeune. Lorsque son deuil aura cessé, il lui faudra une épouse...

1. Ferdinand III de Habsbourg (1606-1657), empereur du Saint Empire romain germanique, roi de Hongrie, de Bohême, de Germanie. Il a 38 ans au décès de son épouse Marie-Anne d'Autriche.

Cette proposition était tellement incongrue que ma bouche dut s'arrondir sans qu'aucun son ne franchisse mes lèvres.

— Devenir impératrice n'est pas un établissement à dédaigner, insista la reine.

— Mais, je...

— Enfin, peut-être ai-je parlé trop vite... il faut laisser à nos diplomates le temps d'agir. Le cardinal Mazarin doit étudier ce qui sera le mieux.

Je remerciai et je quittai vitement la place tant je bouillonnais de fureur. La reine, ma petite maman, mon amie, mon modèle semblait vouloir disposer de ma personne comme elle l'entendait. Une fois, elle me promettait au roi d'Espagne, quelques mois plus tard, sans que l'on ait cru utile de m'expliquer, elle me promettait à l'empereur du Saint Empire. Je n'étais qu'un pion sur l'échiquier politique. Certes, je savais bien que les filles sont mariées pour satisfaire l'ambition de leurs parents.

Pas moi !

Mon rang et mon tempérament ne m'avaient pas habituée à plier l'échine sous les ordres... même ceux de la reine.

9

Un prince tout à fait charmant !

Pour contrer la reine, je fis mine de ne plus me soucier de mon établissement et de ne m'occuper qu'à m'amuser. Ce ne fut pas difficile car partout des bals étaient donnés.

Un jour que je devais aller à un divertissement chez Mme de Choisy, la reine d'Angleterre vint à mon logis tout exprès pour me faire coiffer et parer. Elle m'avait en grande amitié... Et comme notre reine me donnait du souci, l'affection que me témoignait ma tante m'était bien douce. Elle m'avait apporté une parure de pierreries incarnates, des rubans noirs et une plume blanche.

— Ces couleurs vous vont à ravir, me flatta-t-elle, après avoir placé, de sa main, la plume dans ma chevelure.

— Je vous remercie, Majesté, de prendre tant de soins pour m'ajuster.

— C'est que, vous le savez, je vous considère comme ma fille...

Elle marqua un temps d'arrêt avant que de poursuivre :

— ... mais peut-être le serez-vous bientôt ?

Voilà que la reine d'Angleterre voulait que j'épouse son fils !

Lorsque je descendis de mon carrosse dans la cour de la demeure de Mme de Choisy, le prince de Galles se précipita pour me tendre la main. Je vis alors qu'il arborait une petite oie[1] incarnate, blanche et noire, parfaitement assortie à la parure que je portais. Cela me charma et je lui montrai que cette attention me touchait. Il me répondit par le plus doux des souris et quelques mots dans un mauvais français. Cependant, il me fut agréable de voir qu'il commençait à étudier notre langue. J'eus la faiblesse d'imaginer que c'était pour me plaire.

Il passa toute la soirée à mon côté. Nous dansâmes ensemble et nos pas s'accordaient parfaitement. J'appréciais que mon cavalier ait de la grâce et ne m'écrase pas les pieds.

De retour chez moi, je fus tout à fait surprise de le découvrir à ma porte. Il avait dû faire diligence pour y arriver avant moi ! Il me souhaita la bonne nuit avant de s'éloigner. Mon imagination s'enflamma... Il

1. Nœud destiné à agrémenter la tenue vestimentaire des gentilshommes (sorte de cravate).

me sembla être l'héroïne d'un roman de chevalerie et cela me troubla. J'eus du mal à m'endormir et ma nuit fut peuplée de fort jolis rêves.

La cour, toujours en quête de nouveaux sujets pour se divertir, trouva dans la galanterie du prince de Galles à mon égard matière à cancaner. Mes amies s'en firent l'écho :

— Cette fois, vous ne pouvez pas prétendre que ce prince n'est point épris de vous ! Cela se voit comme le nez au milieu de la figure, me taquina Mlle d'Épernon.

— Il est, en effet, tout à fait charmant... mais si jeune. Il a juste seize ans !

— Et alors, vous n'en avez pas encore vingt et vous êtes si fraîche que l'on ne voit aucune différence entre lui et vous.

— Je vous accorde qu'il n'est pas empereur et pas même encore roi... mais il sera appelé sur le trône d'Angleterre, ajouta Marie-Geneviève.

— Vous a-t-on déjà promis à l'empereur du Saint-Empire ou au roi d'Espagne ? m'interrogea Marie d'Orléans.

— On ne me dit plus rien de ces deux unions.

— Alors, ma chère, profitez de votre jeunesse et laissez-vous courtiser par ce beau prince.

Sur la fin de l'hiver fut donnée au Palais-Royal *Orféo*[1], une comédie italienne à machine et en musique. C'est Mazarin qui avait lancé la mode de ce

1. Opéra du compositeur italien Luigi Rossi.

genre de spectacles. La reine les appréciait beaucoup ; du coup, toute la cour s'en enticha.

Cette fois encore, la reine d'Angleterre avait voulu s'occuper de ma parure. L'on avait mis trois jours entiers pour tout accommoder. Et pendant que l'on faisait les divers essayages, elle m'avait affirmé :

— Mon fils ne me parle que de vous !

Puis, s'approchant de mon oreille pour y fixer des pendants en diamants, elle avait chuchoté :

— Il est très amoureux. Il vous trouve tout à fait à son gré...

J'avais rougi en agitant l'éventail que la caméristé venait de me donner.

— Il redoute que l'on ne veuille vous marier à l'empereur.

Saisissant cette opportunité pour reprendre contenance, j'avais répondu :

— C'est ce que Sa Majesté souhaite en effet.

— Oh, le prince sera désespéré... Lui qui était déjà si malheureux d'avoir dû fuir l'Angleterre en abandonnant le roi son père en si fâcheuse posture... Votre présence à son côté lui redonne goût à la vie...

— Je suis heureuse de contribuer à apaiser les souffrances du prince, mais...

— Ah ! la bonne heure ! avait coupé la reine, eh bien, préparons-nous afin que, ce soir, vous soyez la plus belle.

Je crois que je le fus en effet. Ma robe était toute chamarrée de diamants avec des rubans bleus, de la dentelle blanche et des galons noir et argent. Henriette de France avait tenu à ce que je porte les pierreries de la couronne d'Angleterre. C'était une façon de dire à la cour et surtout à la reine de France et à Mazarin que j'étais sa future bru. J'aurais pu refuser. Mais, je l'avoue, être ainsi parée et adulée par ce prince et sa mère me comblait. L'affection d'une mère et l'attention de mon père me manquaient tant que je m'accrochais au prince et à sa mère qui souhaitaient avec tant d'ardeur que je fasse partie de leur famille.

Pourtant, deux jours avant cette fête, la reine Anne m'avait mandée dans ses appartements pour m'annoncer :

— M. de Mondevergue qui a été envoyé en éclaireur auprès de l'empereur du Saint Empire nous assure que dans tout le pays l'on souhaite que vous fussiez impératrice.

— Je croyais l'affaire oubliée, répliquai-je du bout des lèvres...

— C'est qu'on ne marie pas une fille de France comme une vulgaire demoiselle et les pourparlers sont longs. Mais je souhaite ardemment que cette union se concrétise. Qui ne rêverait pas de devenir impératrice du Saint-Empire ?

Elle me serra contre elle et m'embrassa.

Je quittai sa chambre, perturbée. Je ne savais plus que penser et où diriger mon cœur.

J'espérais que le divertissement m'aiderait à évacuer la nervosité que les propos de la reine Anne avaient fait naître en moi.

Lorsque je pénétrai dans la salle, les murmures d'admiration, les phrases de félicitations, les gentilshommes qui se bousculaient pour avoir l'honneur de me saluer et les mines déconfites de quelques duchesses me firent comprendre que j'avais produit un grand effet.

Mais c'est surtout dans le regard du prince de Galles que je vis que j'étais belle. Il ne me quitta pas. Il était derrière moi à la comédie et, par moments, je sentais même son souffle dans mon cou. J'en frissonnais délicieusement.

Durant le bal, je ne dansais presque qu'avec lui sous le regard bienveillant de sa mère. Mme de Fiesque me rappela à mes devoirs et je fis une ou deux courantes avec notre jeune roi alors âgé de huit ans qui était déjà un excellent danseur et avec qui je m'entendais à merveille.

Mais chaque fois que mon regard croisait celui du prince de Galles mon cœur battait la chamade... Qu'il serait doux de se laisser chérir ! Cependant, ma raison me rappelait qu'il n'était pas un bon parti pour moi puisqu'il n'avait pour l'heure aucune espérance de reconquérir son trône. Mon rang m'obligeait à ne point m'abaisser, mais au contraire à chercher à m'élever. Ainsi, le titre d'impératrice, une existence dorée à la cour luxueuse de Vienne était bien tentant...

Que le choix était donc difficile !

Peu de temps après, la cour bruissa de rumeurs qui me mirent en émoi.

— L'empereur est prêt à conclure une union... et ce n'est pas avec Mademoiselle.

— Et cette pauvre princesse qui se voyait déjà impératrice !

— Encore une manigance du cardinal...

Mon orgueil se rebiffa. Quoi ? M'avait-on bernée ? Avait-on cherché à me distraire avec le tendre Charles pour mieux me poignarder dans le dos ? Mon père, Mazarin, la reine m'avaient-ils trompée ? C'était moi la future impératrice du Saint-Empire, on me l'avait promis !

Bousculant les gens qui attendaient dans l'antichambre, je me ruai dans les appartements de la reine et, après une brève révérence, je lançai la rage au cœur :

— J'apprends que l'empereur va se marier !

— Nous venons de le savoir également, me répondit calmement la reine.

— Mais... vous m'aviez assuré que tout serait mis en œuvre pour que je l'épouse et je m'y étais préparée.

— Ah, ma chère... la diplomatie a des secrets qui nous échappent. L'empereur a préféré une archiduchesse du Tyrol, qu'y pouvons-nous ?

Sa désinvolture me révolta. Je dus faire bonne figure et je quittai les lieux, digne, en refoulant mes larmes et ma colère. Mais je ne pus m'empêcher de remâcher ma rancœur car j'étais persuadée que l'on m'avait trompée en me faisant miroiter un établissement dont personne ne s'était sérieusement occupé.

C'est dans ce désarroi que je rencontrai le sieur Compet de Saujon, gentilhomme saintongeais et ami de mon père. Il compatit à ma déception et à ma colère et j'étais bien contente d'avoir une oreille attentive. Il m'annonça qu'un de ses amis était en relation avec un émissaire de l'archiduc Léopold[1], frère de l'empereur, alors que ce dernier commandait en Flandre les troupes opposées aux Français.

— Et alors ? rétorquai-je.

— Alors, Mademoiselle, l'archiduc Léopold souhaite vous avoir pour épouse.

— Un de plus, chantonna Ursule dans une pirouette.

Je la chassai d'un geste avant d'ajouter :

— En êtes-vous certain ?

— J'ai reçu des lettres qui affirment que toute la cour serait heureuse de vous accueillir. Et vous n'êtes pas sans savoir que l'archiduc sera bientôt souverain des Pays-Bas.

— On le dit, en effet. Mais obtenir l'accord de mon père, de la reine et du cardinal ne sera point aisé.

— S'il le faut, nous nous en dispenserons. J'ai des amis haut placés qui se chargeront d'organiser un enlèvement et un mariage secret.

Un délicieux frisson d'interdit me parcourut. N'était-ce pas une façon de faire un pied de nez à ceux qui m'avaient fait miroiter mon union avec l'empereur

1. Léopold-Guillaume de Habsbourg (1614-1662). Il fut gouverneur des Pays-Bas espagnols.

sans se donner la peine de la concrétiser ? Certes, il me coûtait d'oublier la romance ébauchée avec le prince de Galles, mais il ne s'était pas franchement déclaré et lui n'avait pas de royaume...

— Ne vous souciez de rien. Je m'occupe de tout. J'ai des contacts en Flandre... d'ici quelques mois, vous épouserez l'archiduc, m'assura Saujon. Cependant, si vous pouviez me donner un portrait de vous...

— Je le fais exécuter dès demain !

Je convoquai aussitôt Louis-Ferdinand Elle[1] qui avait acquis une bonne réputation en exécutant plusieurs portraits de gentilshommes et de dames de qualité. Je revêtis un bustier incarnat qui mettait en valeur la blancheur de ma peau et Rosette frisa mes longs cheveux blonds et y entrelaça des rangées de perles. Je pris la pose plusieurs jours d'affilée, une rose à la main, ce qui me coûta car je n'aimais point l'immobilité. Le peintre agrémenta le tableau en ajoutant un chérubin dans l'angle gauche.

— Il représente la félicité et la maternité que vous pouvez apporter à votre prétendant, commenta le peintre.

— Je suis assez satisfaite du résultat, ajoutai-je en contemplant son travail.

J'espérais que ce portrait, mon rang et ma fortune séduiraient l'archiduc.

1. Louis-Ferdinand Elle (1612-1689), peintre français.

10

Et pourquoi pas archiduchesse ?

Durant plusieurs semaines, je m'imaginai archiduchesse. Je me renseignais adroitement sur mon futur fiancé. Ce n'était point difficile parce que l'essentiel de mon éducation consistait à étudier les maisons royales d'Europe.

— Pouvez-vous me parler de... de l'archiduc Léopold Guillaume ? demandai-je à Mme de Fiesque.

— L'archiduc est un fameux guerrier et un grand amateur d'art et de musique. Il aurait pu faire un parti tout à fait convenable, ma chère. Il a juste treize ans de plus que vous et il est fort agréable de sa personne. Las, pour l'heure, il combat férocement contre nos armées...

Par la suite, Ursule s'amusa à baragouiner un langage incompréhensible censé être celui de l'archiduc voulant me faire compliment sans connaître le français. Elle réussit plusieurs fois à me faire rire.

Quelques jours plus tard, Mme de Fiesque entra dans ma chambre en coup de vent.

— Saujon a été arrêté ! Il échangeait des courriers avec l'ennemi... et en temps de guerre, cela ne pardonne pas. Il paraît que vous seriez mêlée à ce complot.

— Moi ? m'insurgeai-je, pas du tout !

— Votre père et la reine vous mandent au Palais-Royal. L'affaire semble grave. On parle même de trahison.

Aussitôt apprêtée, je me rendis au Palais-Royal. Tandis que la calèche tressautait sur les ornières, je réfléchissais au projet que m'avait proposé Saujon. Tout à coup, il me parut insensé. Comment avais-je pu me laisser entraîner dans cette folle aventure ? Le désir de me venger de l'affront subi quelque temps plus tôt me parut le seul motif à mon aveuglement.

À ma grande surprise, je me trouvai devant un tribunal composé de mon père, de la reine et du cardinal Mazarin.

— Votre père et moi venons de découvrir que vous avez comploté avec Saujon qui prétend pouvoir vous marier avec l'archiduc Léopold, commença la reine.

— Une chimère dont ce fou a essayé de me persuader... Et ce n'est point la prison qui lui convient, mais bien les Petites-Maisons[1]. Pour moi, je n'ai pas l'esprit dérangé comme le sien et je n'ai pas cru un mot des contes qu'il m'a servis.

1. Asile pour les fous.

— Voyez avec quelle assurance elle soutient qu'elle n'est pour rien dans cette affaire, dit la reine d'un ton sarcastique qui me blessa.

— Vous savez bien, Majesté, que je me repose entièrement sur vous pour me procurer une union conforme à ma qualité. D'ailleurs, lorsque vous avez travaillé à mon union avec l'empereur, frère de l'archiduc... on ne vous a pas accusée de trahison contre le pays, ce me semble, répliquai-je sur le même ton !

Que l'on osât imaginer que j'avais trahi mon pays me permit cette hardiesse inconcevable en d'autres circonstances. Je fis mouche. Le visage de la reine se crispa, les yeux du cardinal me foudroyèrent et mon père baissa les yeux sur ses souliers sans ouvrir la bouche pour me défendre.

Au retour de cette visite, je me mis au lit et je fis interdire l'accès de ma chambre. Je redoutais les curieux. Toute la cour devait déjà commenter cet événement, se gausser, médire... il faut bien se distraire ! Je ruminais ma colère et ma douleur. Les mauvais sentiments de la reine et de Monsieur à mon égard m'accablaient de chagrin. Je fus saisie de plusieurs accès de fièvre.

Et alors que je me croyais chez moi à l'abri, je surpris la fin d'une conversation entre Mme de Fiesque et sa nièce venue lui rendre visite.

— Monsieur perdrait gros si Mademoiselle se mariait. Pour l'heure, c'est lui qui gère l'immense fortune dont elle a hérité au décès de sa mère. Et il se sert généreusement...

Cette phrase me fit l'effet d'un couteau dans le cœur. Se pouvait-il que mon père fît exprès de faire échouer mes mariages pour conserver la main sur ma fortune ? Je ne parvenais pas à le croire... Mais il est vrai que les propositions d'union se succédaient avec des partis pourtant fort glorieux sans qu'aucun n'aboutisse... Je n'ignorais pas que, sans moi, mon père serait quasiment sur la paille, parce que, malgré son immense fortune personnelle, il dépensait dix fois plus qu'il n'avait. Mais c'était mon père et j'avais tant besoin de sa tendresse que je fermais les yeux sur ses agissements... d'autant que les deux filles qu'il avait eues de son union avec Marguerite entraient en concurrence avec moi. Oh, je n'étais point jalouse de mes sœurs pour ce qui concernait leur rang et même l'argent que mon père dépensait pour elles mais je redoutais qu'il ne reportât sur ces fillettes le peu d'amitié qu'il me dispensait.

J'étais alors fort tourmentée et je rabrouai la pauvre Ursule qui cherchait à me distraire :

— Cesse tes pitreries, je n'ai point envie de rire !

Mon amie, Anne-Louise d'Épernon, venue prendre de mes nouvelles, me réconforta :

— La cour ne vous blâme point, au contraire. On reproche fort à Monsieur d'avoir pensé que vous aviez comploté... et personne n'approuve la façon dont la reine vous a traitée.

— Ah, vous me mettez du baume au cœur.

— On assure que vous avez toujours été honnête et incapable de nuire au pays.

Et puis, on me fit dire que mon père et la reine souhaitaient m'entretenir. J'espérais qu'ils étaient revenus à de meilleurs sentiments à mon égard.

Accompagnée de mon écuyer et de Mme de Fiesque, je me rendis d'abord à Luxembourg[1], tremblante d'émotion et de crainte. Mon père inventa un semblant d'excuses et je fondis en larmes en me jetant dans ses bras.

— Je suis heureuse que vous me pardonniez, balbutiai-je. Je ne suis coupable que d'avoir été trop naïve. Votre affection m'est si précieuse que je redoute que vous ne me la refusiez.

J'allais ensuite au Palais-Royal. La reine était encore dans sa chambre. J'y entrai droite et fière.

— Asseyez-vous, m'ordonna Sa Majesté, vous devez être faible après avoir été malade.

— J'ai plus de force qu'il n'y paraît et je tiens debout malgré tout ! répliquai-je d'un ton sec.

Comme elle était habillée, et prête pour la messe, je lui présentai ses gants. Elle me souffla alors :

— Oublions cet... cet incident.

Sa Majesté quitta la pièce et je me retirai.

1. Il s'agit du palais du Luxembourg construit par Marie de Médicis et dont son fils, Gaston d'Orléans, hérita.

Après ces moments difficiles, mon amitié pour la reine se trouva quelque peu ternie et je l'allais voir moins souvent.

Je décidai de m'éloigner de la cour et je me rendis dans ma maison de Bois-Le Vicomte. J'y passais des journées agréables en faisant de longues promenades à cheval. Les paysans m'aimaient bien et levaient leur chapeau chaque fois qu'ils me croisaient. Leurs femmes m'offraient des fleurs ou des fruits. Je secourais de mon mieux ceux ou celles qui étaient malades ou blessés et je faisais l'aumône aux petits enfants. C'était réconfortant d'être la châtelaine de tous ces gens qui n'avaient que du bien à dire de moi.

Cependant, même dans ma retraite, les nouvelles me parvenaient et Mlle d'Épernon, venue me visiter, m'annonça :

— Le duc de Beaufort s'est évadé de Vincennes où il était emprisonné depuis qu'il avait été mêlé à la cabale des Importants[1] voici cinq ans.

— Tant mieux ! Le duc a du caractère. Il est aimé du peuple et détesté par Mazarin, ce qui me le rend sympathique.

— Il a bénéficié de l'aide de plusieurs de ses amis. La duchesse de Montbazon en serait.

— Et comment donc l'oiseau s'est-il envolé ? demanda Ursule en battant des bras pour mimer la scène.

1. Complot orgnanisé en août 1643, visant notamment à éloigner Anne d'Autriche de son premier ministre, Mazarin.

— Tandis que les gardes assistaient à la messe de Pentecôte, le duc a attaché une corde à la fenêtre et s'est laissé couler jusque dans le fossé. Ses amis l'ont hissé de l'autre côté où cinquante hommes à cheval l'attendaient. Lorsque le peuple de Paris a appris son évasion, il s'est réjoui en chantant, en buvant et en dressant des feux de joie.

— Ma foi, je me réjouis tout autant que lui !

J'aimais la façon dont Ursule était capable de me faire rire de tout, mais alors qu'elle m'accompagnait depuis ma naissance, elle sortit brusquement de ma vie en mourant peu après avoir contracté une fièvre tierce. Je la pleurai tout un jour. Avec elle c'est mon enfance qui disparaissait... J'eus curieusement le sentiment de grandir d'un coup et dès le lendemain, je séchais mes larmes. Je payais grassement le curé de Bois-le-Vicomte pour que des messes soient dites pour le repos de son âme. Durant plusieurs jours, je m'attendai à la voir surgir dans ma chambre, puis je m'habituai à son absence.

11

Premier souffle de Fronde

Je revins à Paris pour la Saint-Louis.

Pour accéder à mon logis, mon carrosse longea le quai de la galerie du Louvre et je fus étonnée de voir de nombreux régiments de gardes suisses et français. À peine avais-je franchi le Pont-Neuf que nous fûmes arrêtés par des chaînes tendues, un amoncellement de charrettes renversées, de tonneaux, de planches et un énorme tas de pavés.

— Que se passe-t-il ? demandai-je à l'un de mes valets de pied.

Il partit se renseigner et m'annonça :

— Les bourgeois ont pris les armes et dressé des barricades parce que le Mazarin a fait emprisonner deux présidents du conseil qu'ils appréciaient grandement.

Dès que les insurgés reconnurent les armoiries de mon carrosse, ils abaissèrent les chaînes et m'accueillirent avec des acclamations de joie. Comme je l'ai déjà dit, le peuple de Paris m'a toujours aimée parce que je suis née ici et que j'y demeure la plupart du temps.

En arrivant chez moi, je me fis expliquer le motif de ce remue-ménage par l'abbé de La Rivière[1], un ami de mon père.

— Depuis la Régence, les magistrats se sont remis à revendiquer et à critiquer... d'autant que Mazarin continue la politique de son prédécesseur... De ce fait, certains magistrats veulent remettre en vigueur un texte stipulant qu'aucun étranger ne peut devenir ministre d'État.

— Ce serait en effet une façon de nous débarrasser de cet Italien !

— Justement, il n'a pas l'intention de céder la place ! La régente a consenti quelques concessions, mais les parlementaires les ont jugées insuffisantes, votre père a été chargé des négociations.

— Ces messieurs-là ont bien de la morgue !

— C'est pour essayer de rabaisser leur caquet que la reine a ordonné l'arrestation des deux présidents du conseil... et c'est aussi pourquoi les barricades sont dressées et que l'on y chante ce refrain :

Un vent de Fronde
S'est levé ce matin.
Je crois qu'il gronde
Contre le Mazarin.

1. Louis Barbier, abbé de La Rivière.

Afin de respecter l'étiquette, puisque je revenais à la cour, je me rendis au Palais-Royal présenter mes civilités à Leurs Majestés. Tout le monde était en émoi. Je fis mine de prendre part aux inquiétudes de la reine et du cardinal, mais j'avoue que j'étais assez satisfaite de leur embarras. C'était une façon de me revancher[1].

Durant plusieurs jours, je m'amusais à observer le désordre qui régnait dans Paris. Les gens portaient des épées, les régiments allaient et venaient.

Pour apaiser le peuple, la reine envoya par les rues le maréchal de La Meilleraye[2] et Paul de Gondi[3]. Mais la foule refusa de se calmer tant que les deux présidents du conseil qu'ils considéraient comme leurs protecteurs ne seraient pas libérés. Le maréchal essuya plusieurs jets de pierre et de grossières injures furent proférées contre la reine et le cardinal.

Mon père était partout : auprès des insurgés pour tenter de les ramener à la raison et auprès de Sa Majesté pour la conseiller et la soutenir.

La reine, après de multiples hésitations, se décida à recevoir les parlementaires. Elle promit que si le calme revenait, elle ordonnerait la libération des présidents du conseil. Le parlement se retira pour délibérer.

1. Prendre ma revanche.
2. Charles de La Porte (1602-1664), duc de la Meilleraye et maréchal de France.
3. Jean-François Paul de Gondi (1613-1679), il sera fait cardinal de Retz en 1652.

Afin que cette attente fût moins pénible, la reine d'Angleterre, plusieurs princesses et moi-même entourions la reine. Le cardinal s'était isolé dans un petit cabinet.

Lorsque les députés du parlement eurent achevé leur délibération, la reine les reçut dans sa petite galerie et contre de trop vagues compliments et promesses, elle accepta de faire libérer les prisonniers afin que cessent les troubles de Paris.

Le malheur voulut que le lendemain matin, deux charrettes de poudre destinées au régiment des Gardes du roi, dont la livraison était prévue depuis longtemps, entrèrent par la porte Saint-Antoine. Le peuple crut que c'était dans le but de leur tirer dessus et la rébellion reprit de plus belle.

On avait le sentiment que cela ne cesserait jamais.

On fit remarquer à la reine qu'elle n'était pas en sécurité au Palais-Royal, dépourvu de fossés. Elle décida alors de quitter la capitale beaucoup trop remuante sous le prétexte qu'il fallait éloigner le roi du jeune duc d'Anjou qui venait de contracter la petite vérole. Protéger le roi était tout à fait louable et personne ne s'y opposa. Leurs Majestés s'allèrent réfugier à Rueil.

Je le découvris par hasard, alors que je me rendais au palais afin de prendre des nouvelles de l'état de santé du jeune duc d'Anjou. Les appartements étaient vides.

La Porte, le fidèle valet de la reine, était en train de surveiller le transport des dernières malles contenant les effets du roi.

— Comment se fait-il, Mademoiselle, que vous ne soyez pas partie avec Leurs Majestés ? s'étonna-t-il.

— Il aurait fallu que je sois au courant !

Je serrai les dents. Étais-je donc la dernière des dernières pour que l'on m'oublie ainsi ? La colère me fit trembler. Je remontai dans ma voiture, Mme de Fiesque sur mes talons.

— À Rueil ! ordonnai-je au cocher.

— Sans y avoir été priée, c'est une grave entorse à l'étiquette, pérora ma gouvernante.

— Je m'en moque ! Je suis princesse du sang et il est inconcevable que l'on m'ait abandonnée dans Paris alors que tous sont partis se mettre à l'abri.

J'arrivai à Rueil comme la reine allait partir s'installer à Saint-Germain. Je ravalai ma colère pour lui servir mon discours le plus mielleux :

— Ah, madame, le bruit de votre départ m'est parvenu et bien que n'ayant reçu aucun commandement de votre part, je viens pour avoir l'honneur de remplir mon devoir en vous accompagnant.

— Voilà qui est bien, me répondit-elle.

Et ce fut tout. Je n'ai jamais su pourquoi on m'avait ainsi ignorée... mais ce manquement me fut une aiguille de plus plantée dans le cœur.

Toute la cour se retrouva donc à Saint-Germain, plus vaste que Rueil. Pour ce faire, on en chassa la reine d'Angleterre à qui l'on attribua un appartement au Louvre.

Je ne me souvins plus très bien qui m'annonça que le prince Casimir[1], frère du roi de Pologne, souhaitait épouser une princesse française et qu'il en avait fait la demande au cardinal.

— Mazarin lui a proposé Mlle d'Épernon, m'apprit Marie d'Orléans.

— Devenir reine de Pologne est un bel établissement qui doit combler Anne-Louise.

— Il paraît que ce projet ne la ravit point.

— Comment donc ? J'ai hâte de pouvoir en discuter avec elle et je me fais fort de la convaincre.

Je conviai donc Anne-Louise à venir converser avec moi et lorsque j'abordai avec enthousiasme le sujet de son mariage, elle se troubla.

— Cela ne se peut point, j'ai choisi de devenir carmélite.

— Carmélite ! répétai-je abasourdie, mais... mais pourquoi ?

— Depuis longtemps déjà, j'ai entendu l'appel de Dieu.

Je cherchai alors des arguments pour la faire changer d'avis :

— Vous n'avez jamais été la dernière pour les bals et les divertissements.

1. Jean II Casimir Wasa (1609-1672) devint roi de Pologne en 1648 à la mort de Ladislas VII.

— En effet. J'ai essayé de résister en m'étourdissant... mais la voix de Dieu est la plus forte.

— Personne ne vous empêchera d'aller à l'église, d'assister à tous les offices religieux, de prier, de faire la charité et même d'assister M. de Paul[1], mais pour être pieuse vous n'êtes point obligée de vous enfermer dans un couvent.

— C'est ce que je souhaite le plus au monde.

Elle avait, en prononçant cette phrase, le visage empreint d'une sorte de rayonnement comme si Dieu l'habitait déjà.

— Réfléchissez encore un peu, mon amie.

Elle hocha la tête avant de partir et je pris ce geste pour une promesse.

La vie à Saint-Germain n'était point des plus agréables. Nous nous promenions dans les jardins en faisant semblant d'oublier que la révolte continuait à gronder à Paris. Chaque fois que quelqu'un revenait de la capitale, c'était avec des nouvelles alarmantes. Le peuple continuait à s'échauffer en réclamant son roi et moi je jubilais intérieurement en me disant que la reine se rendrait bientôt compte qu'il fallait chasser l'abominable Mazarin pour que le calme revienne...

Mon père, Condé et Retz étaient restés à Paris pour négocier avec le parlement. Mon père était très aimé par les parlementaires. Ils auraient préféré qu'il joue

1. Vincent de Paul (1581-1660). Il sera canonisé (reconnu comme saint) en 1737.

un rôle majeur dans le conseil de régence dont il avait été outrageusement éloigné par la reine et le Mazarin. Comme j'aurais été fière qu'il occupe la place qu'il méritait auprès de notre jeune roi !

C'est à ce moment-là que Madame accoucha d'une troisième fille que l'on appela Françoise-Madeleine et à qui l'on donna le titre de Mlle de Valois. Mon père fut, une fois de plus, fort déçu de n'avoir point le fils tant attendu. Mais si un garçon était né, il est à parier que toute son attention se serait portée sur lui.

Pour montrer sa bonne volonté et apaiser les tensions, la reine signa la déclaration rédigée par les parlementaires, puis jugea qu'il était temps de regagner la capitale. Je suivis donc...

Quelque temps plus tard, je reçus une lettre d'Anne-Louise dans laquelle elle me disait que sa santé s'était subitement altérée et qu'elle partait pour prendre les eaux de Bourbon. Aussitôt, Inquiète, je me renseignai auprès de Mme d'Épernon, sa belle-mère.

— Anne-Louise est perturbée. Elle a perdu l'appétit et le sommeil. Les eaux de Bourbon lui feront le plus grand bien.

— Dommage qu'elle ne m'en ait point informée, j'aurais eu plaisir à l'accompagner.

Trois jours plus tard, Mme d'Épernon se présenta chez moi de bon matin. J'étais encore en robe de chambre. Elle avait un visage fermé et me saisit les deux mains. Craignant le pire, je m'écriai :

— Il est arrivé quelque chose de grave à Anne-Louise ?

— Elle vient d'entrer aux Carmélites de Bourges.

— Comment cela se peut-il ? Elle était partie pour Bourbon !

— Elle a inventé cette fable afin de trouver un couvent qui l'accepte car son père avait interdit à ceux étant sur ses terres de la recevoir.

Les larmes me montèrent aux yeux et je balbutiai :

— Elle m'a menti à moi... son amie !

— Elle a menti à tout le monde. Elle refusait le mariage pour devenir religieuse... Personne ne tenait compte de ses désirs. Elle n'a eu que cette solution.

Mon étonnement et ma déception passés, un étrange sentiment d'admiration s'empara de moi. Voilà donc la douce et tendre Anne-Louise capable de résister à son père, au cardinal, à la reine afin de réaliser son rêve ! Ne me montrait-elle pas la voie ? Ne devrais-je pas, moi aussi, laisser parler mes sentiments et m'engager avec le prince de Galles ? L'ennui est que mon attrait pour ce prince et le sien pour moi me semblaient bien tièdes pour justifier de bousculer tout le monde. Il y manquait la passion... celle qui balaie tous les obstacles. L'éprouverais-je un jour ?

12

Fuite à Saint-Germain

Je retrouvai Paris et le confort de ma maison avec bonheur.

Ce 5 janvier 1649, j'avais soupé chez Monsieur qui souffrait de la goutte. À un moment, l'un de ses gens vint me murmurer en grand secret que Leurs Majestés et la cour quittaient Paris ce soir afin que les troupes du prince de Condé puissent assiéger la capitale et forcer les rebelles à se rendre sans dommage pour la famille royale.

— Vos gens colportent les rumeurs les plus farfelues ! dis-je à mon père.

Je crus qu'il allait, comme moi, se moquer, mais il prit un air détaché en gardant le silence. Y aurait-il donc un fond de vérité dans cette information ?

Je m'en allai à mon logis assez tard.

Rosette m'aida à me dévêtir, à passer ma chemise, à attacher mes cheveux, après quoi je me couchai et, comme j'étais fatiguée, je m'endormis.

Vers les trois heures du matin, on heurta fortement à la porte de ma chambre. Aussitôt, j'éveillai mes femmes pour qu'elles aillent ouvrir. M. de Comminges, lieutenant des gardes de Sa Majesté, entra et m'annonça :

— Le roi, la reine et Monsieur vous attendent au Cours-la-Reine afin de quitter Paris.

Tout en m'apprêtant, j'enrageai de n'avoir pas été avertie de ce complot. Est-ce que Claire-Clémence, l'épouse de Condé, était dans le secret ?

Je recommandai à Mme de Fiesque de préparer tout ce qui me serait nécessaire et de me le faire parvenir au plus vite, puis je m'en allai dans le carrosse de Comminges car le mien n'était pas prêt.

La lune finissait et le jour ne paraissait pas encore. Le froid était piquant et je regrettai la chaleur de mon lit. Au Cours, il y avait déjà de nombreuses voitures et d'autres qui arrivaient. Comme mon rang m'y autorisait, je montai dans le carrosse de la reine où le roi, son frère, et d'autres personnes de qualité avaient pris place. Claire-Clémence y était. Je la foudroyai du regard. Était-elle donc plus importante que moi pour avoir été prévenue ? J'enrageai !

Contre toute attente, la reine était gaie, coiffée impeccablement et vêtue d'une robe de brocart gorge-de-pigeon comme si elle partait pour la promenade. Ma mise était moins soignée que la sienne et je regrettai de n'avoir pas accordé plus de temps à ma toilette. Tout cela me mit de méchante humeur.

— N'avez-vous pas été bien surprise par ce réveil matinal ? me questionna la reine.

— Non point. J'étais parfaitement au courant du plan de Condé, lui répondis-je pour la piquer.

Le jeune duc d'Anjou, content de cette distraction inattendue, s'amusait à reconnaître les blasons peints sur les voitures lorsqu'un flambeau, tenu à bout de bras par un laquais, les éclairait. Chaque minute, de nouveaux carrosses arrivaient. On aurait dit que toutes les duchesses, comtesses, marquises de Paris avaient décidé de fuir... Les voitures étaient surtout habitées par des dames, je supposais que leurs époux allaient, avec leurs troupes, assurer l'encerclement de Paris.

— Là, voici madame, ses filles et ses dames d'honneur, lança le duc d'Anjou.

Comme lui, je regardai la longue file des carrosses qui se constituait, les gens qui en descendaient pour se saluer ou donner des ordres à leurs domestiques, ceux qui changeaient de voiture pour faire le voyage avec une compagnie agréable. Tout le monde essayait de ne pas faire trop de bruit... mais parfois un cri, un appel, un juron retentissaient. Je me disais qu'à un moment ou à un autre, un rebelle insomniaque, intrigué par ce rassemblement, alerterait ses semblables et que le peuple de Paris, réveillé en sursaut et fort en colère nous ferait durement payer notre projet d'évasion. L'inquiétude me glaça un moment, mais le babillage des jeunes princes réussit à me détendre.

— Tiens, la sœur de M. de Condé, Mme de Longueville, n'est pas avec sa famille ? s'étonna le roi.

— J'ai fait parvenir un billet à Mme de Longueville pour la prier de se joindre à nous, dit la reine, mais elle m'a fait répondre qu'étant enceinte, elle préférait rester chez elle.

Anne-Geneviève avait longtemps été mon amie. Son mariage avec le duc de Longueville qui avait deux fois son âge nous avait un peu éloignées, mais j'avais toujours beaucoup de plaisir à bavarder avec elle.

— Elle sera bien la seule princesse à demeurer dans Paris ! s'exclama le roi.

— Tant pis pour elle, rétorqua son frère. Moi, je trouve que partir au nez et à la barbe des Parisiens est une bonne farce !

— La date a été soigneusement choisie, expliqua la reine. Ce soir, tout le monde a fêté les rois, comme nous l'avons fait nous-même. Les bourgeois ont bu plus que de raison, ils se sont couchés tard... et maintenant ils dorment à poings fermés. Lorsqu'ils se réveilleront, nous aurons quitté la capitale sans qu'ils ne se soient doutés de rien !

Elle rit, peut-être pour dédramatiser la situation que, personnellement, je ne jugeais pas drôle.

Par miracle, tous les carrosses atteignirent Saint-Germain sans encombre.

Cependant, ce fut un beau désordre ! En effet, afin de ne pas éveiller les soupçons, rien n'avait été préparé pour recevoir la cour. Il n'y avait ni lit, ni meuble, ni linge, ni vaisselle, ni nourriture. Le cardinal avait juste fait transporter quatre petits lits de camp : pour la reine, le roi, le duc d'Anjou et pour lui !

Que ce cardinal sans aucune naissance dispose d'un lit alors que moi je n'en avais pas m'ulcéra. Je grognai, je tempêtai... mais personne ne fit attention à moi car les laquais qui avaient pu fuir avec nous s'occupaient à chercher du bois pour réchauffer la bâtisse glacée par l'hiver et de la paille pour pouvoir y dormir.

De la paille !

Bientôt il n'y eut plus de paille et certains gentilshommes et quelques dames se battirent pour en obtenir un ballot ! Jamais je n'aurais pu imaginer une situation aussi grotesque.

Usant de ma jeunesse et de mon souris, j'obtins d'un jeune palefrenier du village voisin un lot de paille fraîche qu'il me porta dans ma chambre. Il me dénicha aussi quelques bûches qu'il alluma lui-même dans la cheminée. Je m'endormis assez contente de moi.

Le lendemain, la comtesse de Fiesque me rejoignit avec un matelas et un peu de linge. Mon carrosse passa parmi les mutins sans être arrêté ni fouillé. Par contre, les voitures contenant les effets de la reine furent pillées lorsqu'elles quittèrent le Palais-Royal et ses pages et ses valets de pied furent molestés.

— Il est à présent impossible de sortir de Paris, me conta la comtesse d'une voix tremblante. Plusieurs dames de mes amies qui, dès que la nouvelle du départ de Sa Majesté a été connue, se sont précipitées dans leur carrosse pour se mettre à l'abri dans leur province, ont été contraintes avec la plus grande violence de retourner dans leur logis parisien.

Voyant que j'avais pu me faire livrer quelques hardes, la reine me manda :

— Nous sommes dans le plus grand dénuement et l'on blanchit ma chemise de nuit pendant le jour et ma chemise de jour pendant la nuit... aussi, vous nous obligeriez en faisant sortir nos effets du Palais-Royal dans l'une de vos voitures et avec vos gens afin de tromper les mutins.

Que la reine soit dans l'obligation de solliciter mon aide me revanchait de son indifférence et j'étais fort aise qu'elle soit dépendante de mon bon vouloir.

Je donnai donc des ordres pour que mes gens rencontrent ceux de la reine et chargent ses effets dans mon carrosse. Il franchit sans encombre les barricades et les portes de la capitale et je fus assez fière que la reine ait pu avoir un peu de confort grâce à moi. L'un des pages de Sa Majesté qui avait dû changer de livrée afin d'éviter d'être bousculé par les bourgeois en armes apporta personnellement à la reine le coffret de gants d'Espagne qu'elle l'avait envoyé quérir. J'étais présente à ce moment-là.

— Le peuple est devenu fou, nous expliqua-t-il. Le Palais-Royal est entouré de gens armés avec des mines de criminels et il faut crier « À bas Mazarin » si l'on veut avoir la vie sauve.

— Y avez-vous été contraint ? s'informa la reine.

— Sauf votre respect, Majesté... je l'ai fait... pour pouvoir entrer dans le palais, avoua-t-il en rougissant.

Je mangeais tous les jours chez mon père qui avait pu faire venir quelques-uns de ses domestiques, mais la chère n'y était ni variée, ni abondante parce que l'approvisionnement était difficile. Son épouse me prêta deux de ses femmes de chambre pour me coiffer, m'habiller et s'occuper de mes hardes, car j'avais fort peu de vêtements et Rosette était demeurée dans mon appartement avec mes autres domestiques pour veiller sur mes meubles et ma garde-robe. Il fallait donc dépoussiérer, laver, repasser ceux que j'avais afin de pouvoir tenir mon rang le mieux possible. Il me fut agréable d'avoir quelqu'un pour me vêtir, délasser mon corps, me coiffer et me poudrer. Toutes ces choses que l'on fait habituellement sans y penser mais qui deviennent difficiles dès que l'on est seule pour les accomplir.

Afin de la remercier, je proposai à sa fille aînée, Marguerite, âgée de quatre ans, de venir dormir sur mon matelas, puisqu'elle n'avait point de lit. Elle était mignonne comme tout. Pour l'amuser, je chantonnai sur tous les tons :

Un vent de Fronde
S'est levé ce matin
Je crois qu'il gronde
Contre le Mazarin.

La nuit me parut longue car elle refusait de dormir et j'avais la gorge bien sèche lorsqu'elle y parvint enfin.

Au matin, j'étais pourtant gaie, ce qui étonna mon père et son épouse toujours triste et souffreteuse. J'avais un caractère qui s'adaptait à toutes les situations et celle-ci était particulièrement cocasse.

— Il est, somme toute, assez amusant de vivre comme un mendiant de grand chemin ! Surtout lorsque l'on n'en est point un ! plaisantai-je.

Une semaine plus tard, les lits de mon père, de son épouse et de ses filles arrivèrent et mon équipage[1] suivit. Ce me fut une grande joie de retrouver toutes mes commodités.

1. Ensemble de tout ce qui est nécessaire pour voyager.

13

L'année de mes vingt ans

Les fidèles du roi encerclaient Paris avec leurs soldats, plus aucun aliment ne franchissait les portes de la capitale.

Les députés sollicitèrent une audience, mais la reine et son ministre la refusèrent.

Furieux, le parlement décida d'organiser la résistance. Il leva une armée de volontaires et trouva des chefs.

— Le comte d'Harcourt-Elbeuf[1] vient de quitter Saint-Germain pour offrir ses services et son armée au parlement, nous annonça la reine alors que j'étais dans sa chambre.

— Oh, quel traître ! s'indigna une de ses dames.

— On dit que le duc de Beaufort, évadé de sa prison depuis le printemps, est à Paris également, enchaîna une comtesse.

1. Charles II de Guise-Lorraine, comte d'Harcourt-Elbeuf, est le fils de Catherine-Henriette de Bourbon, fille d'Henri IV et de Gabrielle d'Estrées (1619-1692).

— Le prince de Conti, et le duc de Longueville qui nous avaient suivis à Saint-Germain viennent à leur tour de partir, poursuivit la reine.

— Le duc de Longueville ? m'étonnai-je.

— Oui. Il paraît que son épouse, restée à Paris sous le prétexte de sa grossesse, l'a persuadé que son destin était à la tête des Parisiens ! reprit la reine.

— Mme de Longueville est une grande ambitieuse ! Elle chante sur tous les toits que le but de Mazarin est d'humilier les princes et de les affaiblir pour gouverner seul !

— Quel toupet ! s'indigna une dame.

Je ne pipai mot. Mais la décision de mon amie Anne-Geneviève m'exaltait. Je regrettai pourtant que pour chasser le Mazarin on en vienne à batailler contre le roi.

À la mi-janvier, alors que la reine m'avait, comme à l'accoutumée, conviée à venir après-dîner dans ses appartements, je surpris une bribe de conversation tandis que je passais du Château Neuf au Château Vieux emmitouflée dans une cape de laine.

— Une foule de malandrins a pris la Bastille et l'a pillée ! disait un gentilhomme à son compère.

— Il s'agit là d'une position stratégique pour le cas où les troupes royales donneraient l'assaut, assura l'autre.

Inquiète, je fis part de cette information à la reine, dès que je pénétrai dans sa chambre.

— Las, ma bonne, cette fois, c'est la guerre ! me répondit-elle.

Je ne me résolvais point à considérer ces escarmouches comme une véritable guerre. J'y voyais plutôt une façon de rendre ma vie moins monotone... et si cela pouvait contribuer à chasser Mazarin...

Ainsi, Charenton fut pris en deux heures par mon père et le prince de Condé. Cela me remplit de fierté.

Cependant, la situation à Saint-Germain ne se méliorait[1] pas. Le froid était mordant et le bois et la nourriture étaient rares. Les paysans du voisinage étaient quasiment pillés par les troupes ou préféraient vendre, en cachette, à prix d'or, leurs produits aux bourgeois de Paris. Ceux-là mêmes que l'on voulait affamer pour les forcer à se rendre se débrouillaient pour manger à leur faim. Les pauvres qui n'avaient pas un denier étaient les seuls à pâtir de cet encerclement. Mais ce n'était point eux qui se révoltaient contre leur roi ! De plus, la Seine était sortie de son lit et inondait les bas quartiers. Certaines mauvaises langues prédirent que le choléra, les fièvres tierces ou même la peste s'abattraient bientôt sur la ville.

On souffrait à Paris comme on souffrait à Saint-Germain et aucun signe ne permettait de savoir quel parti en sortirait vainqueur.

1. S'améliorait.

J'avais vingt ans ! Je rêvais de bals, de fêtes et je devais me contenter de courtes promenades dans le parc et de veillées sans violons. Le tailleur, les merciers, les plumassiers[1] ne venaient point jusqu'à Saint-Germain afin de nous vendre leurs nouveautés et nous devions déployer des trésors d'imagination pour utiliser des bustiers et des jupes que nous avions déjà portés afin de leur donner l'apparence du neuf.

En guise de distraction, j'emmenais parfois ma jeune sœur Marguerite, le duc d'Anjou et le roi au bas des terrasses, sur les bords de la Seine. Marguerite donnait toujours sa menotte à Philippe qui avait quatre ans de plus qu'elle et je ne pouvais m'empêcher de penser que c'était un charmant petit couple. Le mariage entre ces deux-là était à coup sûr une éventualité envisagée par mon père...

Bien emmitouflés, nous nous amusions de voir le fleuve charrier d'énormes glaçons qui craquaient sinistrement lorsqu'ils s'entrechoquaient.

Un jour, nous observâmes un batelier occupé à éviter les glaçons qui risquaient de percer sa coque. Philippe et Louis essayèrent de le guider en hurlant :

— Gare à gauche ! Gare à droite !

Le batelier dut se douter que, sur les berges du château, il pouvait s'agir du roi car il leva son bonnet en criant à pleins poumons :

1. Artisan qui travaille la plume pour en faire des ornements pour les cheveux, les chapeaux, les vêtements.

— Vive le roi ! Vive le roi !

— Voyez comme le peuple vous aime, Majesté ! lui fis-je remarquer.

— Vous avez raison ma cousine, et il est bien triste de devoir lui faire la guerre.

Nous demeurâmes un moment à observer ces manœuvres dont le batelier se tira avec brio, après quoi, le visage rougi par le froid, nous courûmes nous mettre au chaud le dos contre la cheminée en nous faisant servir une tasse de chocolat brûlant.

Lorsque je n'étais point avec les enfants, j'allais chez la reine. Les dames entre elles parlaient souvent du duc de Beaufort. Son évasion spectaculaire en avait fait un héros de légende... On lui prêtait aussi de nombreuses aventures féminines qui, loin de ternir sa renommée, l'auréolaient d'un parfum de scandale qui nous troublait.

— J'ai ouï-dire que le 9 de ce mois, le duc revenant d'Étampes avec un convoi de blé et de bétail avait mis en fuite les troupes du maréchal de Gramont, commença une dame.

— Les Parisiens ont faim... Ils pillent sans vergogne les maisons royalistes désertées par leurs habitants.

— On m'a rapporté que la reine d'Angleterre, réfugiée au Louvre, a vendu toutes ses pierreries pour tenter de sauver son mari, prisonnier de ses sujets.

— A-t-on des nouvelles de son époux ?

— La reine n'en reçoit guère, probablement à cause du siège de Paris qui empêche le courrier de circuler. Certaines rumeurs assurent qu'il a réussi à s'évader… d'autres prétendent qu'il a été sauvé de l'échafaud par le peuple qui l'a enlevé sous les yeux du bourreau, dit la comtesse de Noailles.

— Elle ne mérite pas le malheur qui la frappe… Je frémis à la pensée que les Parisiens pourraient s'inspirer des événements d'Angleterre, murmura la reine soudain très pâle.

— Oh, Majesté, les Parisiens vénèrent leur roi et n'oseraient pas attenter à sa personne, dis-je.

— Vous avez raison, ma bonne… Ne parlons plus du drame anglais, cela me tourne les sangs… et même si quelques seigneurs français jouent à la révolte, ils ne sont point trop méchants.

— En effet, le duc de Beaufort a fait fondre sa vaisselle d'argent pour acheter du pain aux miséreux…, ajouta Mlle de Gourdon.

— De ce fait, le peuple de Paris lui donne le titre de *roi des halles* ! annonça Mlle de Chémerault d'un ton admiratif.

— Ah, souffla Mme de Fiesque, il est bien dommage que M. de Beaufort soit contre son roi.

— Il est vrai que nous aurions eu plaisir à l'avoir à nos côtés, ajouta la reine.

Nous approuvâmes toutes. J'avais déjà vu ce monsieur chez mon père et, malgré ma jeunesse à ce moment-là, je l'avais trouvé charmant. Si en plus, il avait de l'audace... Voilà des qualités propres à enflammer mon imagination. Il m'arrivait de rêver à la douceur et à la plénitude que l'on pouvait éprouver dans les bras d'un gentilhomme aimant.

14

Archiduchesse des Pays-Bas ?

Le 20 du mois de février 1649, alors que j'étais chez la reine avec ses dames en train de deviser autour d'un feu de cheminée, Mme de Motteville, sa dame de compagnie, se fit annoncer.

— Ah, Majesté, j'ai cru ne jamais pouvoir venir jusqu'à vous... C'est une escorte de cavalerie du prince de Conti, pourtant du parti de la Fronde, qui m'a permis de sortir de Paris... Nous avons dû faire un détour et traverser plusieurs villages qui sont dans une désolation effroyable. Les maisons sont brûlées, abattues, les églises pillées et les villageois dans le plus grand dénuement... les enfants sont maigres et tristes à pleurer.

— Je vais ordonner que l'on vende mes pendants d'oreilles en diamants pour venir en aide à ces malheureux.

— Las, Majesté, je suis la messagère d'un autre terrible événement. Après avoir espéré plusieurs fois sa libération, on nous a appris hier que le roi d'Angleterre avait été décapité le 30 janvier.

— Seigneur ! s'écria la reine horrifiée en se signant.

Nous fîmes toutes de même épouvantées par l'abominable vision et, comme la situation en France était chaotique, nous transposâmes ce drame chez nous.

— Je vais immédiatement faire porter un message de condoléances à Sa Majesté. Comment supporte-t-elle cette abomination ?

— Elle est fort affectée. Elle m'a confié qu'elle avait perdu un roi, un mari et un ami et que le reste de sa vie serait un éternel supplice.

— Nous tâcherons d'alléger autant que faire se peut sa souffrance, répondit la reine.

— Cependant, malgré sa grande douleur, elle pense à vous et au roi. Elle m'a chargée de vous dire que son seigneur était mort de n'avoir jamais su la vérité et qu'elle vous suppliait d'écouter ceux qui la disent. Qu'il fallait ne point irriter le peuple car c'est une bête féroce qui ne s'apprivoise jamais.

La reine fit une petite moue qui me prouva qu'elle n'appréciait point trop d'être conseillée. Mme de Motteville encore perturbée ne s'en aperçut pas et poursuivit :

— Sa Majesté souhaite que la France reconnaisse le prince de Galles comme le nouveau roi d'Angleterre sous le nom de Charles II.

Je pensai aussitôt à ce prince qui m'avait, quelques mois plus tôt, fait une cour discrète et la tristesse m'envahit. Il devait être bien cruel de perdre son père dans des circonstances si dramatiques et de ne pas même pouvoir lui rendre hommage en le portant en terre. Le voilà à présent roi. Un roi sans trône.

Plusieurs nuits durant, je fis d'affreux cauchemars dans lesquels c'est la tête de notre jeune roi Louis que le bourreau brandissait. Je me réveillais en sursaut et je mettais de longues minutes à me rendormir dans ma chambre glaciale.

Pendant ce temps, les Parisiens manquaient toujours de blé. Ils criaient que tous leurs maux venaient du Mazarin, qu'il fallait le chasser, pis encore, le pendre. Pour se venger, ils vendaient publiquement ses meubles. Les livres de son immense bibliothèque furent dispersés ou déchirés.

— Ces gens-là ne respectent rien, se plaignit la reine... et surtout pas le savoir !

La paix fut enfin signée le 11 mars à Rueil. Mais les désordres ne s'apaisèrent pas pour autant. Ce n'est point parce que des signatures sont au bas d'un parchemin que les séditieux rendent les armes ! Et l'on entendait encore la populace chantonner :

Un vent de Fronde
S'est levé ce matin,
Je crois qu'il gronde
Contre le Mazarin.

Nous passâmes donc les fêtes de Pâques à Saint-Germain. La reine allait tous les jours à la chapelle prier pour que les cieux préservent notre roi de subir le sort de Charles Ier. Mon devoir me commandait de l'accompagner. Cependant, comme je n'aimais point trop les longues méditations, souvent, je m'endormais.

Je fus l'une des premières à vouloir regagner Paris. Mon père et la reine m'y autorisèrent car j'évoquais le prétexte d'aller présenter nos condoléances à la reine d'Angleterre.

J'avais espéré la présence du prince de Galles chez sa mère. Je gardais au fond de moi un souvenir ému de ce gentilhomme et le revoir m'aurait plu. Il n'y était point et cela me déçut. Je rencontrai, cependant, son jeune frère, le duc d'York, revenu de Hollande où il avait trouvé refuge auprès de sa sœur la princesse d'Orange après s'être sauvé de sa prison en Angleterre. Il avait la taille élancée, un beau visage et de magnifiques cheveux blonds. Il parlait français tout à fait correctement.

— Avez-vous de bonnes nouvelles de votre frère, le roi ?

— Il est fort affecté par la mort de notre père, mais il s'apprête, avec courage, à assumer la charge qui lui incombe. Mon frère sera un grand roi.

— J'en suis certaine.

Il se pencha un peu vers moi et ajouta d'un ton malicieux :

— Et si vous le voulez, vous pouvez être, à ses côtés, une grande reine.

Je rougis assez décontenancée.

Les trois jours que je fus à Paris, ma maison ne désemplit pas. Pourtant, j'avais perdu mes meilleures amies puisque Anne-Louise était au Carmel et qu'Anne-Geneviève devenue Mme de Longueville et sa belle-fille Marie étaient du parti de la Fronde. Quant à Claire-Clémence qui, grâce à son mariage avec Condé, portait le titre de Mme la Princesse, elle me regardait de haut, ce qui me la faisait détester.

Je reçus cependant plusieurs dames qui m'apprirent les potins qui n'étaient point parvenus jusqu'à Saint-Germain :

— Savez-vous que pendant la guerre de Paris, M. de Beaufort est devenu le galant de Mlle de Longueville ! m'annonça Mme de Carignan.

— Marie est charmante et je suis contente pour elle, dis-je. Quant à lui, il a de l'allure, du cœur et beaucoup de mérite.

— Certes, mais Mme de Montbazon qui, jusqu'à présent, avait ses faveurs n'a point l'intention de l'abandonner à Mlle de Longueville !

— Mme de Montbazon attend avec de plus en plus d'impatience la mort de son vieux mari pour se faire épouser par Beaufort, ajouta Mme de Carignan.

— Oh ! m'indignai-je.

— On prétend aussi que le duc fait le joli cœur auprès de Mlle de Chevreuse qui est fort belle et héritière également. J'ai ouï-dire qu'il faisait jouer les violons sous les fenêtres de ses dames à tour de rôle, selon son humeur...

— Il n'a que l'embarras du choix, toutes les dames rêvent d'être dans ses bras ! ironisa Mme de Carignan.

— J'espère que Marie va délaisser au plus vite ce coureur de jupons. Assurément, Beaufort n'est point un parti sérieux, affirmai-je.

J'adoptais un ton docte, mais je ne pouvais m'empêcher de penser qu'être courtisée devait être fort agréable. Je n'osais point avouer que je ne l'avais jamais été ou si peu par le roi d'Angleterre... mais le souvenir qui m'en restait était bien doux.

Et puis, cette Fronde qui s'était formée sans grandes raisons se défit tout pareillement, sans doute par lassitude.

Les princes qui l'avaient dirigée vinrent faire amende honorable auprès de la reine.

On vit donc arriver à Saint-Germain, un peu contrits, le prince de Conti, le duc d'Elbeuf, le duc de Bouillon, le duc de Longueville et d'autres encore. La reine les reçut assez froidement, mais Mazarin leur joua son personnage mielleux à souhait !

Alors que j'étais dans la ruelle du lit de la reine, Mme et Mlle de Longueville entrèrent pour solliciter le pardon de Sa Majesté. Anne-Geneviève qui avait encouragé son mari et son frère à s'armer contre son roi perdit de sa superbe. Elle rougit et fut incapable de prononcer trois mots intelligents. Sa belle-fille se contenta de baiser le drap. Le malaise devenait insupportable. Comme elles avaient été de mes amies, je décidai d'alléger leur supplice en prenant la parole :

— Votre voyage jusqu'à Saint-Germain s'est-il bien déroulé ?

— Fort bien, je vous remercie.

Puis je les interrogeai sur divers sujets frivoles qui firent passer les quelques minutes où elles demeurèrent au chevet de la reine. Lorsqu'elles se retirèrent enfin, Anne-Geneviève me lança un regard reconnaissant qui m'émut. Je sentis que notre amitié n'était point brisée et qu'elle ne demandait qu'à renaître.

La duchesse de Chevreuse, qui de son exil bruxellois avait soutenu les forces rebelles contre le roi, et qui était de retour à Paris, souhaitait également être reçue pour présenter ses excuses à Sa Majesté. La reine refusa sèchement. Je le regrettai. J'appréciais cette dame et discourir avec des personnes qui ont vécu des situations hors de l'ordinaire est toujours distrayant. Je me promis de la rencontrer dès que possible.

L'occasion se présenta lors d'un autre séjour que je fis à Paris. Comme mon père et la reine m'avaient défendu de voir la duchesse, cela en augmenta mon envie. Je lui envoyai un billet pour lui proposer de se rencontrer discrètement au couvent de Montmartre pour le cas où un espion du cardinal serait dans les parages.

— La Flandre, où j'ai vécu durant mon exil, est un pays magnifique. La cour y est fort belle, les divertissements sont nombreux. Quant à l'archiduc Léopold, c'est un homme cultivé à la conversation agréable.

Chaque fois que j'ai eu l'honneur de le rencontrer, il m'a parlé de vous, me dit-elle.

— Vraiment ? Mon union avec l'archiduc avait déjà été envisagée il y a quelque temps de cela. On m'avait alors accusée de vouloir trahir mon pays.

— Fadaise ! Vous avez été mal conseillée, mais si vous vous en remettez à moi, je me fais fort de réussir ce mariage. S'allier à une princesse française est le souhait le plus cher de l'archiduc et le portrait de vous qu'on lui a montré l'a tout à fait séduit.

— Vraiment ? répétai-je, un peu abasourdie.

— Toute la Flandre vous veut comme impératrice et bientôt l'archiduc sera souverain des Pays-Bas.

Je regagnai mon logis assez tourneboulée. Voici plusieurs mois que le silence s'était fait sur mon futur établissement et tout à coup, deux prétendants se manifestaient en même temps : l'archiduc Léopold et le roi d'Angleterre. Auquel donner ma préférence ? Être impératrice me séduisait fort et la description magnifique de la cour de Flandre faite par la duchesse de Chevreuse avait enflammé mon imagination... Mais être reine d'Angleterre était loin de me déplaire et puis, au moins, je connaissais déjà Charles. Occupée à peser le pour et le contre de chaque parti, je ne dormis point de la nuit.

15

Un nouveau page

Je fus contrainte de regagner Saint-Germain car la reine me réclamait. Dès que j'arrivai, l'abbé de la Rivière, ami de mon père, me vint dire :

— Monsieur souhaite vous entretenir de votre projet de mariage avec le roi d'Angleterre.

J'étais assez étonnée car je venais de quitter la reine Henriette qui m'avait semblé renfermée sur son chagrin et n'avait pas prononcé un mot sur ce mariage. Je me rendis aussitôt dans l'appartement que mon père occupait.

— La reine d'Angleterre insiste pour que je consente à votre union avec le roi, son fils, m'annonça-t-il. Il faut que vous songiez à prendre une résolution.

— Que me conseillez-vous ?

— L'affaire n'est pas simple, vous vous en doutez. Il serait mal venu d'offenser la reine et le royaume d'Angleterre par un refus net.

— Loin de moi cette pensée !

— Cependant, il faut bien reconnaître que Sa Majesté est réduite à la plus grande pauvreté... et votre héritage serait le bienvenu pour lui assurer un train de vie acceptable et surtout pour lever des armées afin de pouvoir récupérer le trône pour son fils. Car, pour l'heure, ce roi ne règne sur aucun pays... Alors, vous pouvez devenir sous peu reine d'Angleterre... ou perdre toute votre fortune et demeurer à jamais l'épouse d'un roi sans couronne.

— En somme, c'est une partie de dés !

— Oui. Vous acceptez de jouer... ou vous refusez. La décision vous appartient.

Bien que ce soit ce que j'avais toujours souhaité, je m'apercevais qu'avoir mon destin entre les mains était terriblement angoissant.

La reine Anne me fit mander et me reçut dans son antichambre en compagnie du cardinal.

— Je crois, Mademoiselle, commença-t-elle, que le roi d'Angleterre est le parti qu'il vous faut.

— Nous l'assisterons puissamment pour reconquérir son royaume, poursuivit le cardinal. Il y possède beaucoup de partisans et l'Irlande lui est totalement acquise.

— Je vous parle comme si vous étiez ma fille et si je n'étais point persuadée que cet établissement vous comblera, je ne vous le proposerais pas.

— Avec une bonne armée et l'aide de la France, le roi reconquerra son trône et son pays rapidement, insista Mazarin.

La reine Anne baissa un peu la voix et adopta le ton de la confidence.

— Son fils est très amoureux de vous et souhaite ardemment vous épouser.

— C'est trop d'honneur, répondis-je.

Pourtant, je ne trouvais pas dans les propos de la reine et du cardinal un ton de sincérité suffisant pour me décider. J'aurais souhaité que ce soit Charles, en personne, qui, un genou en terre, me supplie de le prendre pour époux. Cela n'était pas le cas et je me demandais même s'il ne cherchait pas uniquement à obtenir ma fortune !

Et puis, il y avait l'archiduc. Certes, je ne le connaissais point, mais ne serait-ce pas un moyen de me revancher de la reine et de Mazarin qui se servaient de moi comme d'un pion sur un échiquier ? Quelle ne serait pas leur stupeur s'ils découvraient que j'étais partie, en cachette, épouser l'archiduc ?

Cette idée me faisait délicieusement frissonner.

Cependant, les jours suivants, chaque fois que j'allais chez la reine Anne, elle se raillait de moi :

— Voyons, Mademoiselle, il faut cesser de faire souffrir le roi et lui donner promptement votre cœur !

Certaines de ses dames y ajoutaient quelques piques qui me faisaient rougir :

— On dit qu'il se consume d'amour pour vous...

— Et vous n'avez qu'un mot à prononcer pour qu'il vous prenne dans ses bras.

L'abbé de La Rivière n'était pas en reste :

— Ne laissez point passer une pareille opportunité... Être reine d'Angleterre est un sort que beaucoup de princesses vous envieront !

J'avais le sentiment que toute la cour œuvrait pour que j'épouse le prince de Galles.

Un conseiller de la reine d'Angleterre qui repartait en Hollande auprès de son roi insista à son tour :

— Quelle réponse dois-je lui donner ?

— Eh bien, mais...

— Le roi attend votre décision pour venir à la cour de France un ou deux jours et vous épouser promptement, après quoi, il embarquera pour l'Irlande.

— Quoi, si vite ?

— Il ne vous obligera pas à le suivre. Vous pourrez demeurer à Paris et vivre comme vous y êtes accoutumée.

— Cela mérite réflexion.

— Vous devez, Mademoiselle, vous rendre à l'évidence, persifla-t-il. Il n'y a aucun autre parti pour vous en Europe. L'empereur et le roi d'Espagne sont mariés, le roi de Hongrie est promis à l'infante d'Espagne, l'archiduc ne sera sans doute jamais souverain des Pays-Bas, le roi de France est trop jeune, et Ferdinand III de Hongrie avec qui votre union avait été envisagée il y a un peu plus d'un an a épousé Marie-Léopoldine d'Autriche qui attend un enfant.

— Oh, l'empereur sera bientôt veuf ! Son épouse mourra en accouchant ! répliquai-je.

— Voyons, Mademoiselle, on ne plaisante pas avec la mort.

— Cela m'est venu naturellement, comme si la phrase m'était dictée par les cieux.

— Je ne crois pas aux prophéties. Celle-ci est ridicule... et vous ne m'avez toujours pas donné votre réponse.

— Vous l'aurez sous peu.

J'étais persuadée que l'on devait s'employer à bien se marier car c'est la chose la plus importante dans la vie. Or, pour l'heure, je ne parvenais pas à savoir si mon bonheur était avec le roi d'Angleterre ou... avec un autre. Il me fallait gagner du temps.

Fort heureusement, durant plusieurs jours, on oublia ce mariage car le voyage de Leurs Majestés à Compiègne fut le centre des conversations. En effet, il avait été décidé, afin de laisser aux Parisiens le temps de se calmer totalement, que le roi et la cour s'installeraient dans cette ville.

Un après-dîner, alors que je commençais à choisir les tenues que je voulais emporter et que j'avais étalé devant moi la quasi-totalité de ma garde-robe, Rosette me vint dire :

— Une dame et un jeune garçon souhaitent vous parler.

— Voyez cela avec Mme de Fiesque, je suis occupée et je ne peux recevoir toutes les personnes qui viennent solliciter un emploi.

— La dame m'a recommandé de vous donner son nom et...

Irritée par cette insistance, je grognai, tenant à la main plusieurs bustiers finement travaillés :

— Et alors ?

— Il s'agit de Mme Louison Roger de La Marbellière et...

— Louison ?

Son prénom ne m'était pas inconnu. Elle avait été la maîtresse de mon père, alors que je n'étais qu'une fillette... Pourquoi se rappelait-elle à moi ? J'hésitai à la recevoir, mais les souvenirs des agréables moments que nous avions passés à Tours me revinrent en cascades et j'ordonnai :

— Faites-la entrer.

Louison pénétra dans ma chambre, un jeune garçon sur ses talons. Je n'eus point de mal à la reconnaître bien que je ne l'aie point revue depuis plus de dix ans. Elle était toujours aussi belle, mais me parut plus timide et effacée qu'autrefois. Sa tenue était fort simple, sans aucune afféterie.

— Je vous remercie, Mademoiselle, d'accepter de me recevoir.

— Mais voyons, Louison... n'étions-nous point amies ?

— Si fait. Et c'est au titre de... de cette amitié que je me permets de venir vous importuner.

— Quel est donc l'objet de votre visite ?

— Ah, Mademoiselle, commença-t-elle avant de s'arrêter pour ajouter plus bas : Pourriez-vous avoir l'obligeance d'éloigner vos domestiques. Ce que j'ai à vous apprendre est confidentiel.

Intriguée, je fis sortir Rosette et mes deux femmes de chambre.

— Vous pouvez parler sans crainte.

Louison poussa le jeune garçon devant elle et murmura :

— Il s'appelle Jean-Louis. Il a dix ans. Il est votre demi-frère.

— Mon demi-frère ! criai-je.

— Je vous en prie, ne haussez point la voix... Le secret est bien gardé et...

— Mon père le sait-il ?

— Oui. Las, de mauvaises langues ont prétendu que Jean-Louis n'était pas son fils. De ce fait, il a refusé de le reconnaître. Je l'ai élevé seule, mais un abominable sentiment de culpabilité gâche mon existence. C'est à cause de moi que Monsieur a péché et trompé son épouse.

Je dévisageai le garçon. Il avait les plus jolis cheveux blonds du monde, de beaux yeux, et il y avait dans ses traits quelque chose de Bourbon. Il m'adressa un souris triste et résigné qui me fit fondre d'émotion.

— Jean-Louis n'a pas la place qu'il mérite. Jusqu'à ce jour, il a vécu chez des nourrices et des amies qui ont accepté de l'héberger clandestinement afin de ne pas entacher ma réputation déjà bien compromise. Mes parents m'ont rejetée et aucun parti convenable n'a voulu de moi. J'ai besoin d'expier mes fautes, aussi je vais entrer chez les Filles de la Visitation à Tours et consacrer ma vie à la prière.

— Mais... Jean-Louis ?

Elle tomba à mes genoux et, tandis que des larmes l'inondaient, elle poursuivit :

— Je suis venue vous supplier de prendre soin de lui... Si vous pouviez l'engager dans votre maison. Il n'aura d'autre ambition que de bien vous servir en échange du gîte et de la nourriture.

— Relevez-vous, madame...

— Je vous en conjure... Jean-Louis est un enfant agréable, intelligent et il n'a aucun souci de santé.

Il me parut que c'était à moi de réparer la faute de mon père... et puis élever un enfant et qui plus est un enfant de mon sang ne me déplaisait point, au contraire. Je sentais confusément que Jean-Louis me servirait avec zèle. Je n'hésitai donc point :

— Allez en paix, madame. Je me charge de l'éducation de votre fils. Il deviendra mon page et, s'il me donne satisfaction, je l'établirai au mieux.

Elle me saisit les mains, me remercia puis, se tournant vers son fils, elle lui dit :

— Jean-Louis, je te confie à Mademoiselle. À présent, tu n'auras plus qu'elle et tu n'auras pas assez de ta vie pour payer ta dette envers elle. Adieu. Je prierai pour vous.

Elle le baisa sur le front et quitta la pièce sans se retourner.

Il regarda la porte se refermer sans broncher et sans une larme. Sa force de caractère m'impressionna. Je pensais immédiatement que nous étions de la même trempe et que nous nous entendrions bien.

16

Espoir et déception

À peine étions-nous installés à Compiègne qu'un courrier avertit Leurs Majestés que le roi d'Angleterre était à Péronne à une quarantaine de lieues. J'étais, à ce moment-là, dans la chambre de la reine Anne.

— Voilà votre galant qui vient ! plaisanta-t-elle.

— Oh, j'aimerais bien qu'il le fût, lui répondis-je. Je meurs d'envie qu'il me dise des douceurs car je ne sais pas ce que c'est, personne ne m'en ayant jamais osé dire.

— Peut-être est-ce dû à votre caractère qui est fort éloigné de la coquetterie.

— Certes, mais sans être coquette, et puisque l'on veut me marier avec le roi d'Angleterre, il a le droit de me dire des galanteries.

— Mademoiselle est toute prête à s'enflammer ! lança-t-elle à l'intention de ses dames, ce qui, effectivement, me fit rougir.

Le feu roi son époux ne lui avait, sans doute, jamais conté des douceurs, mais j'avais ouï-dire que, dans sa jeunesse, elle s'était laissé courtiser par le duc de Buckingham qui, pour la séduire, lui avait probablement débité quelques compliments. J'espérais en entendre de bien doux de la part de Charles d'Angleterre qui serait peut-être mon époux. Cette perspective me troublait. Il allait me déclarer sa flamme et toutes mes hésitations seraient balayées...

Le jour de sa venue, je me levai de bonne heure. J'étais fébrile. Je voulais être belle afin de lui plaire. Je commençai par me tremper de longues minutes dans un baquet d'eau tiède parfumée, ce qui m'arrivait rarement. Je demandai ensuite à Rosette de friser mes cheveux. Il m'insupporte de demeurer assise longtemps sans bouger. Toutes mes filles s'activaient autour de moi. On me blanchit la peau d'un onguent, on me rosit les joues et les lèvres. On plaça quelques poinçons d'or et de diamants dans ma chevelure et on me tendit un miroir. Le résultat me surprit. J'étais, ma foi, assez jolie.

Conseillée par Mme de Fiesque, je choisis ma tenue avec soin : une jupe de soie pourpre ornée de riches broderies, un bustier assorti ouvert sur un décolleté bordé d'une importante dentelle sur laquelle étaient fixées deux rangées de perles. Les manches étaient en fine mousseline agrémentées des mêmes perles et laissaient voir mes bras que j'ai fort beaux.

Jamais je n'avais passé autant d'heures à ma toilette ! J'espérais que le roi remarquerait mes efforts pour l'honorer et, en même temps, je souhaitais que mon accoutrement soit naturel afin qu'il ne pense pas que j'aie voulu à tout prix le séduire. Tout cela était assez confus dans mon esprit, ce qui fait que j'étais à la fois contente et angoissée.

Lorsque je montai dans le carrosse de la reine, elle s'écria :

— L'on voit bien les gens qui attendent leurs galants ! Comme elle est ajustée !

Cela me piqua et je me retins de lui répondre : « Celles qui en ont eu savent bien les soins que l'on prend pour plaire. »

Nous allâmes à sa rencontre à une lieue de Compiègne. Lorsque nos carrosses furent face à face, l'on mit pied à terre. Charles salua Leurs Majestés et moi ensuite. Je l'observais discrètement. Il avait bonne mine. Il me parut plus séduisant que la dernière fois. Son long visage était encadré de boucles brunes, ses yeux en amande un peu tristes et ses lèvres pulpeuses étaient des plus agréables. Je lui souris, puis je détournai promptement mon regard afin que ma hardiesse ne me porte pas préjudice.

Lorsqu'il fut dans notre voiture, notre jeune roi Louis s'enquit des chiens, des chevaux du prince d'Orange et des chasses de ce pays-là. Le roi d'Angleterre répondit en français. À n'en point douter, il avait appris notre langue pour l'amour de moi. Je fus cependant un peu déçue car la conversation ne tourna que sur la chasse. Je l'aimais fort également, mais Charles ne me posa aucune question sur ce sujet... ni sur un autre d'ailleurs. J'avais l'abominable impression d'être transparente.

Aussitôt après être arrivés, l'on dîna. J'avais pris le temps de courir jusque chez moi pour me repoudrer, arranger ma coiffure, en un mot être parfaite.

Malgré la pauvreté à laquelle les séditieux nous avaient réduits, la cuisine du roi mit tout son talent à présenter de nombreux services et des plats recherchés. On nous servit, entre autres, des ortolans, un mets fin et délicat que j'apprécie. Charles n'y toucha pas et se jeta sur une énorme pièce de bœuf et sur une épaule de mouton qu'il dévora goulûment, la sauce lui coulant sur le menton. Sans doute agissait-il de la sorte lorsqu'il mangeait avec ses armées. Mais je n'étais pas un soldat et j'aurais souhaité un peu plus de délicatesse !

Le repas terminé, les convives quittèrent la table sous divers prétextes et je me retrouvai seule avec lui. La reine m'adressa un petit signe de connivence comme pour me dire :

— Eh bien, Mademoiselle, usez donc de votre charme, puis laissez-vous séduire par le roi d'Angleterre.

Je n'étais pas à l'aise mais j'attendais que le roi me fasse la cour... Je frissonnais par avance du plaisir que j'allais y prendre. Il resta un quart d'heure face à moi, se dévissant le cou pour observer je ne sais quoi par la fenêtre, évitant de poser les yeux sur moi, soupirant parfois. Était-il si ému par ma présence qu'il en oubliait le français ? Avais-je, pendant notre séparation, si grandement vieilli que je n'étais plus à son goût ? Craignait-il de me manquer de respect en laissant libre cours à sa passion ? J'avoue que s'il m'avait pris la main ou même caressé le visage, je n'aurais pas crié « à la garde » !

Ne sachant plus que faire, j'appelai M. de la Rivière qui n'était pas loin et qui réussit à lui arracher trois mots insignifiants, ce qui me permit de m'éloigner sans avoir l'air malpoli.

Fort dépitée, je rejoignis la reine qui, dans le fond de la pièce, faisait semblant de s'intéresser aux explications d'un gentilhomme relatives à deux gros vases à la Chine[1] posés sur un guéridon.

— Il vous a regardée durant tout le dîner et vous regarde encore incessamment, me souffla-t-elle derrière son éventail.

— Il regarde peut-être, mais il ne parle point.

— C'est que vous faites la fine bouche aux douceurs qu'il vous dit.

Je crus m'étrangler de colère et de déception.

— Douceurs ? Quelles douceurs ? Il n'en a prononcé aucune. Venez donc les écouter si vous ne me croyez pas !

1. « À la Chine » est l'expression de l'époque. On dirait de nos jours « de Chine ».

Je retournai vers le roi d'Angleterre, la reine sur mes talons. Je pris l'initiative de la conversation et je demandai afin de le piquer un peu pour qu'il réagisse :

— Votre frère, le duc d'York, est devenu un prince brillant. Il a une conversation des plus agréables.

— En effet.

— Votre mère a beaucoup de courage.

— En effet.

Entre chaque phrase, de longues minutes s'écoulaient. S'il l'avait voulu, il avait largement la possibilité de faire dévier la conversation sur un sujet plus intime. Il ne le fit pas. La reine ne s'en mêla point. Peut-être était-elle, elle aussi, surprise par l'attitude de ce prince qui se disait amoureux de moi, mais qui ne m'avait manifesté aucune attention particulière. J'étais rouge de honte et de déception. J'aurais voulu être à cent lieues de là.

L'heure de son départ vint. L'on monta en carrosse et on l'alla conduire jusqu'au milieu de la forêt, où l'on mit pied à terre. Il prit congé du roi et vint à moi.

— Je crois que ma mère vous aura expliqué mes intentions. Je suis votre très-obéissant serviteur, m'assura-t-il dans un français presque parfait.

Je bouillais intérieurement. Ce n'était certes pas le genre de phrase froide et convenue que je souhaitais entendre. Mais, à défaut, pourquoi ne m'avoir pas parlé de la sorte lorsque nous étions face à face ? Pourquoi m'avoir refusé la joie d'une petite conversation entre futurs époux ? Avait-il besoin d'un intermédiaire pour chacune de ses actions ? N'était-il donc qu'un pleutre ? Je me contins à grand-peine et je réussis à paraître indifférente pour lui répondre :

— Je suis votre très obéissante servante.

C'était faux. Mon cœur était déchiré. J'avais cru à son amour et je n'avais aucune envie d'être la servante d'un gentilhomme aussi froid et calculateur.

Les jours suivants, je ne sortis pas de chez moi. Il me parut que l'affront que j'avais subi me déshonorait. J'en voulais à la reine d'Angleterre, à la reine de France, à mon père d'avoir prétendu que le roi Charles était amoureux de moi, alors que, manifestement, il ne me portait qu'un intérêt mitigé.

Mme de Fiesque m'annonça alors un soir, d'un ton sournois :

— J'ai appris que Mlle de Longueville était tombée éperdument amoureuse du roi d'Angleterre lorsqu'elle l'a rencontré voici quelques mois.

— N'était-elle pas éprise du duc de Beaufort ?

J'avais déjà été ébranlée lorsque j'avais su que mon amie avait des vues sur le duc de Beaufort dont la belle allure et le courage m'avaient fait rêver. Mais le duc de Beaufort n'était point un parti pour moi... alors que Charles d'Angleterre...

— On l'a dit. Mlle de Longueville est une coquette... et puis un roi, c'est tout de même mieux qu'un duc, n'est-ce pas ?

— Certes. Je m'étonne cependant que cette amie si chère marche sur mes brisées[1]...

— Le prince, qui a été sensible à la beauté de cette princesse, en est très amoureux également.

— Je comprends donc son indifférence à mon égard.

— Mlle de Longueville est issue d'une grande famille et elle a, comme vous, une importante fortune.

Charles d'Angleterre ne cherchait-il qu'une fortune, et peu lui importait celle qui la lui apportait ? Ou bien était-il une girouette dont les sens s'enflammaient chaque fois qu'un jupon passait à sa portée ? Faute de pouvoir répondre à ces questions, je jouai l'indifférence.

— Eh bien, à l'avenir, je vous remercie de ne plus me parler de ce prince. Pour moi, il n'existe plus et je tournerai mes regards vers un autre prétendant.

Mais j'étais meurtrie. J'avais cru que ce prince m'aimait à la folie et s'apercevoir que tout était faux était bien cruel... surtout s'il aimait une demoiselle de mes amies.

1. Entrer en compétition, faire concurrence.

17

À nouveau impératrice ?

Le roi Louis revint à Paris le 18 du mois d'août.

Il semblait que toute la ville se soit déplacée jusqu'à Saint-Denis afin de lui faire escorte.

J'avais pris place dans la voiture de la reine où nous étions huit, entassés et souffrant de la chaleur. La foule était si dense, si joyeuse, si indisciplinée qu'elle réussit à séparer les gendarmes, les chevau-légers et la suite royale du carrosse du roi qui avançait pas à pas ! Partis du Bourget à trois heures de l'après-midi, nous arrivâmes à huit heures du soir à Paris bien qu'il n'y eût que deux lieues à parcourir.

— Voyez, mon fils, comme le peuple est heureux de vous revoir ! constata la reine.

— C'est qu'il ne m'a pas vu depuis de longs mois !

Le plus étonnant était que les gens faisaient aussi bon accueil au Mazarin. Les lavandières, les ravaudeuses, les femmes des halles lui tendaient les mains.

Leurs époux affirmaient qu'ils allaient boire à sa santé et tous le remerciaient de leur ramener le roi.

Cette liesse me désarçonnait totalement. Je ne la partageais point. J'avais envie de rappeler à ces fêtards qu'ils s'étaient battus pour chasser le ministre, cause de tous nos maux, et que j'aurais préféré qu'ils y soient parvenus.

Le peuple avait la mémoire courte.

Lorsque nous pénétrâmes enfin dans le Palais-Royal, il y avait presque autant de monde que dehors, mais cette fois, c'était des gens de qualité qui tenaient à saluer leur roi. La reine demeura un moment en cette aimable compagnie, mais finit par décréter qu'il fallait laisser reposer le roi.

Je fus contente de pouvoir, à mon tour, me retirer dans mon appartement des Tuileries. Jean-Louis m'y attendait. Selon les ordres que j'avais donnés, on lui avait confectionné un habit aux couleurs de ma maison et il était tout à fait charmant. J'étais si épuisée que je me couchai aussitôt.

— Je veillerai sur vous, me dit-il avec sérieux.

Toute la nuit, des feux de joie, des tirs de bouëtes, des cris et des chants troublèrent mon sommeil.

Le lendemain, la reine se rendit à Notre-Dame avec le roi pour y entendre la messe. Je fus du voyage. Dans les rues, le carrosse fut continuellement suivi par le peuple qui jurait fidélité à son roi, le bénissait et ne cessait de crier *Vive le roi !*

— Allons, ironisa la reine, le peuple oublie que c'est sa désobéissance qui nous a obligés à fuir la capitale.

J'étais de son avis et j'opinai du chef. Cependant, je me gardais de lui dire que c'était l'accueil réservé à Mazarin qui m'étonnait le plus, car je n'ignorai pas qu'elle l'avait toujours en haute estime.

Dans le Marché-Neuf, les harengères[1] qui, quelques mois plus tôt, s'étaient insurgées contre la reine, voulaient la faire sortir de son carrosse pour la mieux voir, la toucher, lui embrasser le bas de sa robe.

Dans l'église, il fallut soulever le roi afin que la foule qui avait pénétré à notre suite dans l'édifice puisse se délecter de la vision de son souverain. Les cris de *Vive le roi !* redoublèrent.

Il est vrai qu'il avait fière allure dans son habit brodé d'or, ses boucles blondes tombant sur les épaules. Il savait se tenir bien droit et lever la main pour saluer ses sujets. Toute sa personne reflétait sa majesté et laissait présager qu'il serait un grand roi. Il n'avait pourtant que onze ans.

La fête de la Saint-Louis se déroula peu après : le roi alla ce jour-là à cheval à l'église Saint-Louis. Les princes et seigneurs, qui étaient à Paris, l'accompagnèrent, tous bien vêtus, leur monture caparaçonnée

1. Vendeuses de harengs et autres poissons. Par extension : des femmes grossières.

de la plus belle façon. J'arrivai quelques minutes après la reine.

Lorsque je fus près d'elle, elle me souffla :

— L'impératrice du Saint-Empire romain germanique est morte. Cette fois, il faut faire tout ce qui est en notre pouvoir pour que vous épousiez Ferdinand III.

Bouleversée, je pâlis.

Quelques mois plus tôt, j'avais eu comme une prémonition en prévoyant le décès de Marie-Léopoldine. Elle avait à peine dix-sept ans ! Aussi, je me signai discrètement afin que les cieux ne me tiennent pas rigueur de cette sinistre prédiction. Pourtant, il faut bien avouer que cette princesse m'avait volé la place que l'on m'avait fait miroiter deux années auparavant. J'avais beaucoup rêvé d'être impératrice. Comme on ne s'était pas occupé, je pense, assez sérieusement de cette union, l'empereur avait finalement épousé cette Marie-Léopoldine. J'en avais été fort déçue et mon orgueil avait été considérablement touché. Je supportais mal que cette demoiselle ait été préférée à moi.

Cependant, n'était-il pas étrange que la reine s'enthousiasme tantôt pour mon mariage avec le roi d'Angleterre, tantôt pour mon mariage avec l'empereur du Saint-Empire ? Voulait-elle me marier à tout prix et avec n'importe quel prince voulant bien m'accepter ? Ou au contraire, me proposait-elle exprès des partis différents afin que, ne réussissant point à choisir, je décide finalement de rester fille... conservant mon riche patrimoine sur le sol de France. Toutes ces questions sans réponses me perturbaient grandement.

Peu de temps après, la reine se rendit à Saint-Germain afin de présenter de vive voix ses condoléances à cette malheureuse reine d'Angleterre. Elle souhaita que je l'accompagne.

— Votre galant y sera, me dit-elle en guise d'encouragement.

— Le roi Charles ne me manifeste aucun intérêt, contrairement à ce que tout le monde veut me faire accroire. Il est plus attiré par Mlle de Longueville. Pour moi, c'est une affaire dont je ne souhaite plus que l'on me parle.

La reine pinça les lèvres sans rien ajouter.

Elle partit donc avec Mme de Motteville et quelques-unes de ses dames. Je ne sais pourquoi mais je fus d'une humeur exécrable durant leur absence. Tantôt je me disais que j'avais eu tort, que le roi espérait ma venue pour s'excuser, que les troubles qu'il subissait l'avaient rendu maladroit et qu'en boudant, je lui laissais voir un mauvais côté de mon caractère. La minute d'après, je me félicitais de montrer mon fort tempérament en me persuadant que s'il était vraiment amoureux de moi, il trouverait le moyen de me le prouver sans que je rampe à ses pieds. Les hommes ne doivent-ils pas toujours conquérir leur dame ? Je l'avais lu dans *L'Astrée* et je rêvais que la réalité soit aussi belle que le roman.

Lorsque la reine revint, elle me dit, un souris coquin aux lèvres :

— Le roi a été bien déçu que vous ne m'ayez point accompagnée. Il m'a demandé de vous saluer profondément en son nom et espère vous revoir prochainement.

— Eh bien, s'il veut me voir, il sait où je suis !

— Ah, Mademoiselle, votre tempérament est par trop impulsif. Parfois, il faut composer avec les événements de la vie.

À dire vrai, j'en avais assez que l'on dispose de moi et je répliquai :

— Il me semble que l'on me pousse tantôt vers l'Allemagne, tantôt vers l'Angleterre afin d'arranger les affaires des uns et des autres, sans se soucier de mes souhaits.

— N'en croyez rien. Nous agissons au mieux pour votre bonheur et nous savons bien que c'est vous qui aurez le dernier mot !

Je fis la moue pour signifier que je n'étais point dupe. Puis, comme si le sujet de mon établissement n'était pas important, la reine changea de conversation.

18

Où j'ai la petite vérole

Le 5 septembre, pour les onze ans du roi, la ville de Paris en signe de réconciliation organisa un grand bal à l'Hôtel de Ville. La reine ordonna à toute la cour de s'y rendre richement parée. Afin d'honorer mon cousin et aussi pour être à la hauteur de mon rang, je portais mes bijoux les plus somptueux, héritage de ma mère, et une tenue ornée de superbes broderies au point de France rehaussées d'or.

Des flambeaux et des lanternes avaient été installés aux fenêtres afin d'éclairer le chemin emprunté par le roi et, dès que son carrosse fut en vue, des tirs de canon retentirent. Je dus me boucher les oreilles des deux mains. Les prévôts et les échevins en grandes robes de velours vinrent accueillir Sa Majesté.

— Plus de cinq mille personnes ont été invitées, assurait un bourgeois à son compère alors que je passais devant eux.

Un grand dais avait été dressé devant la cheminée où la famille royale prit place.

Selon la coutume, le roi m'accorda le premier branle, puis nous enchaînâmes avec une courante. Il se mouvait avec grâce et beaucoup d'application et comme j'étais également une excellente danseuse, nous formions un beau couple. On me rapporta qu'une dame avait dit en nous regardant :

— Ne dirait-on point l'Amour dansant avec l'une des Grâces !

Cela me ravissait. J'aimais beaucoup mon cousin et il avait pour moi beaucoup d'affection.

— Vous dansez fort bien, Mademoiselle, me complimenta-t-il.

— Moins bien que vous, Majesté.

— Bientôt, j'organiserai des ballets et je veux que vous les dansiez avec moi.

— Ce sera un grand plaisir.

La collation qui suivit fut magnifique. La ville avait voulu honorer son roi en faisant confectionner des préparations raffinées : pyramides de fruits confits, pâtes sucrées, confitures, massepains, pâtés et tourtes, répartis dans quarante-deux bassins. Il y avait aussi plusieurs fontaines de boissons sucrées ou alcoolisées.

Pour clore la soirée, un superbe feu d'artifice fut tiré sur la place de Grève. Dès que le peuple qui s'était massé sur la place aperçut son roi à la fenêtre, des acclamations retentirent... Les tirs de bouëtes et de fusées durèrent plus d'une heure.

Je me pris à rêver qu'un jour peut-être, des festivités identiques seraient données en mon honneur dans un autre pays dont je serais reine ou impératrice.

Cependant, la paix n'était pas encore très sûre. On s'agitait un peu partout dans les provinces tandis que Paris faisait semblant de s'assoupir, mais on sentait qu'un rien pouvait mettre le feu aux poudres.

C'est à ce moment-là que j'eus la petite vérole.

On s'affola autour de moi. Je voulus éloigner Jean-Louis afin qu'il ne soit pas atteint, mais il refusa.

— J'ai promis de vous servir dans toutes les circonstances, me dit-il et c'est dans ces pénibles moments que vous aurez le plus besoin de moi.

Je le remerciai. Et il est vrai qu'il me servit avec zèle et que j'appréciais sa présence.

Ma maladie me donna beaucoup d'inquiétude. Tout d'abord je craignis pour ma vie. La température me terrassa plusieurs jours et je priai pour que les boutons sortent afin de me soulager... mais je savais aussi qu'en envahissant mon corps et mon visage, j'allais être défigurée. On a beau être princesse du sang et avoir de la fortune, la crainte de devenir un laideron me fit passer plusieurs nuits blanches.

J'attendais avec impatience que la fièvre diminue sans oser me regarder dans un miroir.

— Vous n'avez point de boutons sur le visage, simplement des rougeurs, m'avait dit Mme de Fiesque.

Mais je ne la croyais point et l'angoisse continuait à me tarauder.

Seules les nouvelles qui me parvenaient réussissaient à me changer les idées pendant quelques instants et pourtant, elles n'étaient point réjouissantes. La révolte continuait à gronder à Bordeaux et dans plusieurs provinces.

Mme de Fiesque qui avait traversé Paris pour aller me quérir un onguent m'annonça :

— Place Dauphine, on a tiré cinq ou six coups de carabine sur le carrosse de M. le prince de Condé.

— Seigneur !

— Fort heureusement, il n'était point à l'intérieur, mais un de ses laquais y a laissé la vie.

— La paix est bien fragile.

Le roi, la reine Anne, la reine d'Angleterre faisaient quérir de mes nouvelles tous les jours. Il me fut agréable de constater que l'on se souciait ainsi de moi. Le roi me fit parvenir un billet écrit de sa main qui me toucha fortement.

« Il faut, Mademoiselle, que vous soyez guérie pour la Noël, car je veux que vous soyez ma marraine de confirmation. Et je ne veux personne d'autre que vous. »

Lorsque, enfin, je me décidai à saisir un miroir, je m'aperçus que la maladie avait été clémente avec moi et qu'au contraire, j'avais le teint plus beau après qu'avant.

Par chance, je guéris, juste à temps pour assister à la première communion du roi et à celle de son frère qui eurent lieu le jour de Noël en l'église de Saint-Eustache, une paroisse qui avait été particulièrement agitée durant la Fronde. Il s'agissait de montrer au peuple que le roi n'avait point peur de quitter son palais et qu'il souhaitait partager avec lui ce grand moment.

Je me rendis du Palais-Royal à Saint-Eustache dans le carrosse de la reine avec plusieurs autres dames. Le roi, son frère et Mazarin avaient pris place dans une autre voiture. Le cortège était précédé de la compagnie du grand prévôt, de celle des cent Suisses tambours battants et fifres sonnants ; suivaient les gardes du corps et les valets de pied en grand nombre. Nous traversâmes Paris sous les acclamations d'enthousiasme. J'avais, je l'avoue, du mal à comprendre les Parisiens prompts à sortir les armes pour un rien et tout aussi prompts à acclamer leur roi. Mais j'étais contente que, ce jour-là, ils aient préféré la joie aux sombres intrigues.

La cérémonie fut belle. Le nombre d'évêques qui y participa fut impressionnant. Je fus donc la marraine de notre roi, mon père son parrain. Cet honneur me comblait et renforçait l'affection que j'éprouvais pour Louis.

À la fin de la cérémonie, le prince de Condé qui était le parrain de Philippe se permit de me railler :

— Ah, Mademoiselle. On a prétendu que vous aviez la petite vérole. Je n'y ai point cru. C'était, à n'en point douter, une ruse pour attirer à vous la compassion de la cour et peut-être même trouver un galant !

— Effectivement, vous n'avez pas cru utile de prendre de mes nouvelles.

— On ne me dupe pas aussi facilement.

— Eh bien, monsieur de Condé, vous avez eu tort, répliqua la reine, Mademoiselle a tenu en émoi tous ses amis pendant de longues semaines.

— C'est que Monsieur le prince ne compte point parmi mes amis, fanfaronnai-je.

Il serra les lèvres. J'étais contente de l'avoir piqué.

19

Que de voyages !

Pour l'heure, si le parlement s'était assagi, Condé et sa famille qui détenaient déjà une portion considérable du royaume ne cessaient de revendiquer. Il avait pourtant été nommé Grand Maître de la maison du roi, mais il exigeait la dignité de connétable de France, quatre cent mille livres d'argent et la ville de Pont-de-l'Arche, en Normandie, pour son beau-frère Longueville et d'autres nombreux avantages pour son frère, le prince de Conti. Claire-Clémence et Anne-Geneviève devaient s'enorgueillir d'avoir des époux si ambitieux !

Pour ma part, je jugeais Condé trop puissant. Je ne supportais point sa morgue. Mon père, la reine et presque toute la cour partageaient cette opinion. Il était bien le seul à ne pas se rendre compte qu'il dépassait les bornes !

Ce 18 janvier 1650, j'étais dans la chambre de la reine qui était fort nerveuse sans que j'en comprenne la raison. Elle donna discrètement un ordre à son capitaine des gardes, puis entra dans son oratoire avec le roi, nous laissant ses dames et moi avec un étrange sentiment.

— Que se trame-t-il ? murmurions-nous en nous lançant des regards interrogateurs et inquiets.

Quelques minutes plus tard, on nous informa :

— Condé, Conti et Longueville ont été arrêtés en sortant du conseil et conduits à Vincennes.

— Ces frondeurs n'ont que ce qu'ils méritent ! décréta Mme de Motteville.

Je n'étais pas mécontente. Condé avait par trop tendance à se croire au-dessus de la maison d'Orléans !

— On m'a dit que Sa Majesté avait voulu faire arrêter Mme de Longueville, mais qu'elle avait réussi à fuir Paris pour la Normandie.

— Oh, Anne-Geneviève n'est coupable que d'avoir voulu aider son époux, dis-je.

— La princesse de Conti s'est réfugiée dans son domaine de Chantilly et la princesse de Condé a fui dans le Berry, annonça une autre dame.

Je gardais de Claire-Clémence de Maillé-Brézé le souvenir d'une gamine timide. Jamais je ne l'aurais crue capable d'autant de sang-froid.

Au début de février, le roi et la reine décidèrent d'aller en Normandie pour fidéliser cette province à la couronne. Il me fallut suivre la reine et cela me coûta car ce n'était point une saison propre aux voyages. L'hiver est pour danser dans les salons de la capitale !

Nous demeurâmes quinze jours en Normandie et je m'y ennuyai fort. À peine avions-nous regagné Paris que, la veille du carême, la reine me dit :

— Nous partons samedi pour Dijon.

Je n'avais aucune envie de quitter à nouveau la capitale et je me résolus à jouer la malade afin de ne pas participer à ce voyage.

Le lendemain, je m'alitai. Mon père me vint voir en m'exhortant d'aller en Bourgogne. Je lui tins tête sans changer d'avis. Deux jours plus tard, le cardinal se déplaça en personne. J'étais au fond de mon lit sous une montagne de couvertures.

— La reine espère beaucoup que vous l'accompagnerez, commença-t-il.

— Je ne le puis, monsieur, j'ai la gorge en feu et la fièvre qui me vient par moments m'ôte toutes mes forces.

— Sa Majesté compte sur votre présence.

— Ah, monsieur, soufflai-je d'une voix moribonde.

— J'ai de bonnes nouvelles de Mondevergue au sujet de votre établissement avec l'empereur du Saint-Empire. La reine et moi-même nous en occupons activement car rien ne nous est plus cher que votre bonheur.

Croyait-il, par cette ruse, me faire jaillir hors de mon lit ? De la même voix faible, je lui répondis :

— J'attends de voir le résultat de ces tractations avant que de me réjouir... et je redoute que l'on ne me leurre avec des promesses qui ne sont jamais suivies d'effet.

— Comment pouvez-vous, Mademoiselle, douter de notre bonne foi ?

— Parce que, jusqu'à ce jour, vous m'avez fait miroiter de belles espérances qui n'ont jamais porté leurs fruits.

— Votre rang et votre fortune en sont la cause. Vous êtes la cousine du roi de France, descendante du grand Henri IV et cela oblige à de longs pourparlers. Mais sous peu, je vous le promets vous serez reine ou impératrice.

— Je le croirai lorsque le contrat sera signé, répliquai-je avant de me tourner contre le mur pour lui signifier que l'entretien était terminé.

Dès qu'il eut fermé la porte, je chantonnai :

Un vent de Fronde
A soufflé ce matin,
Je crois qu'il gronde
Contre le Mazarin...

La cour partit sans moi en Bourgogne.

Durant l'absence de la reine, il y eut de nombreuses intrigues dans la capitale qui prouvaient bien que la Fronde n'était point éteinte. Je ne me mêlai de rien.

Mais l'envie de servir mon pays commençait à me tarauder. Il fallait en finir avec tous ces complots... Pour l'heure, je ne voyais pas du tout comment.

Leurs Majestés regagnèrent Paris à la fin d'avril. Mondevergue revint d'Allemagne à ce même moment.

— L'on souhaite fort, dans ce pays que vous y soyez souveraine, me répéta-t-il.

— Vous me l'avez déjà assuré, répliquai-je exaspérée, mais qu'avez-vous obtenu de concret ?

— Eh bien, ma foi... il faut du temps... de la patience et...

Je le chassai de chez moi sèchement. Je n'avais plus confiance dans ses capacités à mener cette affaire.

La famille royale décida de se rendre à Compiègne pour encourager nos troupes. Je dus suivre sans aucune envie, sauf celle de plaire au roi qui me faisait l'amitié de me parler très souvent.

Pour la première fois, Jean-Louis m'accompagna en qualité de page. Je connaissais sa sagesse et sa discrétion. Je m'étais toujours arrangée pour qu'il ne se trouve jamais en présence de notre père. Mes liens avec ce dernier étaient suffisamment compliqués sans que d'autres difficultés surgissent. Je l'avais sommairement expliqué à Jean-Louis. Il souhaitait pourtant ardemment rencontrer son père, mais il ne me tint point rigueur de les tenir éloignés.

Personne ne s'étonna de la présence de Jean-Louis. On m'en fit même compliment, tant il était affable et discret, prêt à courir chercher un éventail, des sels, une boisson pour d'autres dames que moi. Il suffisait de lui demander.

— Où avez-vous déniché cette perle ? me questionna Mme de Motteville. Il est en tout point charmant.

— C'est le fils d'une amie très chère qui ne peut, hélas !, point assurer son avenir. Je m'en charge donc. Je lui ai donné un gouverneur et il apprend aussi le maniement des armes afin de devenir un parfait gentilhomme. Jusqu'à ce jourd'hui, je n'ai qu'à me louer de lui.

À Compiègne, les nouvelles les plus alarmantes nous parvenaient de Guyenne[1].

— Claire-Clémence de Maillé-Brézé a soulevé la ville de Bordeaux contre le cardinal, m'annonça Mme de Fouilloux, originaire de cette ville.

— Encore elle ! m'exclamai-je. Décidément, le petit oiseau peureux est devenu un vautour !

Je me prenais à envier la vie trépidante de cette dame, son courage et sa détermination. Mon existence me parut soudain assez monotone et je rêvai d'événements plus excitants... à commencer par le mariage, car malgré mon rang et ma fortune, j'étais toujours célibataire. J'aurais voulu ouvrir mon cœur à une amie... mais celles qui l'avaient été avaient choisi le parti de la Fronde, et Anne-Louise était au Carmel...

1. La Guyenne est une province du sud-ouest de la France.

Le Carmel... un frisson me parcourut... n'était-ce pas ce qui m'attendait ? Ne me proposait-on pas des unions impossibles pour mieux me pousser à devenir religieuse ? Notre société ne tolère les filles que si elles sont mariées ou religieuses... Une fois que je serai enfermée entre les murs d'un couvent, il sera facile de s'emparer de ma fortune ! Non ! Plutôt me battre pour gagner ma liberté !

Nous quittâmes Compiègne pour Paris à la fin de juin.

La reine décida de partir aussitôt pour Bordeaux.

Nos domestiques eurent à peine le temps de vider les malles de leurs effets, qu'il fallut à nouveau tout ranger pour ce grand voyage. Se retrouver entassés à huit dans un carrosse, secoués par les cahots des chemins, à supporter la chaleur, à respirer la poussière, ou, par temps de pluie, à risquer de s'embourber dans des ornières, à manger mal, à dormir dans les mauvais lits des couvents, cela ne m'enthousiasmait point.

La reine ne me laissa pas le choix et je n'eus pas l'aplomb de lui resservir la menterie qui m'avait permis d'échapper au voyage en Bourgogne. Mon père demeura sur place pour commander Paris.

Nous arrivâmes à Libourne et nous nous y installâmes dans une chaleur horrible. Pour nous protéger du soleil, nous restions enfermés à faire de la tapisserie et moi qui aime chevaucher au grand air, j'étais très malheureuse. C'est à ce moment-là que j'appris que Madame avait accouché d'un fils. Imaginant le bonheur de mon père, je me réjouis. Toute la cour vint me témoigner son plaisir et j'ordonnai un feu d'artifice. Pourtant, je pensais : « Pourvu que ce bonheur n'éloigne point mon père de moi ! »

Jean-Louis, qui m'avait accompagnée, s'efforça de se mettre au diapason de notre joie, mais il faisait grise mine :

— J'espérais, me confia-t-il le soir même les larmes aux yeux, que n'ayant point de fils, Monsieur accepterait un jour de me reconnaître... et c'est dans ce but que j'essaie d'être le plus parfait possible... À quoi bon, à présent.

— Il faut abandonner cet espoir, Jean-Louis. C'est pour vous et pour vous seul que vous devez apprendre tout ce que votre gouverneur vous enseigne. Un jour, je vous le promets, vous ferez votre entrée à la cour avec la charge et le titre que vous méritez.

Il se redressa vitement, sécha ses yeux et me dit d'un ton ferme :

— Veuillez excuser cette faiblesse... et bien sûr, je souhaite belle et longue vie au fils de Monsieur !

Début septembre, le cardinal assista au siège de Bordeaux qui fut pris rapidement.

Un courrier m'informa un peu plus tard que l'armée ennemie s'étant approchée à huit lieues de Paris, mon père avait pris l'initiative de faire transporter les prisonniers, Condé, Conti et Longueville, de Vincennes à Marcoussis. En les éloignant de la capitale, il y avait moins de risques que les frondeurs réussissent à les libérer.

Quelques jours plus tard, Claire-Clémence se fit annoncer chez la reine où j'étais. Son fils, tout juste âgé de sept ans, était avec elle. Je la dévisageai avec intérêt. La maternité l'avait embellie et lui avait donné de l'assurance. Son fils était adorable.

Tous deux se jetèrent à genoux pour réclamer la libération du prince. La reine les releva assez sèchement et ne leur laissa pas beaucoup d'espérance.

Quant à moi, je ne savais pas si j'admirais cette princesse d'avoir l'aplomb de se présenter devant Sa Majesté après les actions contre la couronne que son époux avait entreprises ou si je la détestais, car elle n'était, après tout, qu'une nièce de Richelieu et ne devait sa belle position qu'à son mariage. Sans doute un peu des deux.

L'après-dînée, M. le cardinal m'entretint quatre heures durant.

— Vous savez, Mademoiselle que je vous ai en haute estime, me répéta-t-il à nouveau. Je souhaite sincèrement que votre mariage avec l'empereur réussisse. Je fais tout ce qui est en mon pouvoir pour vous assurer l'établissement que vous méritez. J'avais pris toutes les mesures possibles pour votre union avec le roi d'Espagne... mais, malgré mon zèle, ce mariage n'a pas eu lieu.

Il continua en me rappelant toutes les bonnes choses qu'il avait réalisées pour moi comme s'il s'attendait à ce que je le remercie à genoux. Je restais muette. Il finit par me demander si je souhaitais qu'il s'occupe de mes affaires. En m'affirmant que mes biens étaient entre les mains de gens qui risquaient de me nuire, mais que lui ne cherchait que mon bonheur.

Son empressement me fit comprendre que, n'ayant plus l'appui de la famille Condé emprisonnée, le cardinal cherchait à s'attirer les faveurs de ma maison, celle des Orléans. En me flattant, il espérait que mon père ne s'allierait point avec les Condé contre le roi. Je lui répondis d'un ton méprisant.

— Ne vous occupez donc point autant de moi. Je me débrouille assez bien sans votre aide.

Il fut si piqué qu'il sortit sans piper mot.

Enfin, nous entrâmes dans Bordeaux. Les canons de la ville tonnèrent en l'honneur du roi, mais la foule ne manifesta point une véritable joie. La collation qu'on nous servit fut mauvaise et le feu d'artifice des plus médiocres. Mazarin fut hué, ce qui fâcha la reine, mais me mit en joie, d'autant que, personnellement, on m'accueillit par des vivats qui me comblèrent.

Je passais à Bordeaux dix jours des plus agréables à recevoir tous les personnages importants, à découvrir la ville, ses belles rues, ses maisons bien bâties, la rivière de Gironde et son port. La ville organisa un bal en mon honneur. La reine et le roi y vinrent. Mais il y fit si chaud et la reine était de si méchante humeur qu'elle en sortit avec la fièvre.

La paix étant établie dans cette ville, nous entreprîmes le voyage de retour à Paris ce qui me ravit. Tout l'attrait des villes de province ne peut pas rivaliser avec l'air de la capitale. Je ne suis heureuse qu'à Paris.

Las, nous fûmes contraints de faire une halte de douze jours à Amboise parce que la maladie de la reine avait augmenté, l'obligeant à être saignée plusieurs fois.

Nous entrâmes enfin à Fontainebleau le 7 du mois de novembre. Mon père y arriva peu après pour entendre les remontrances de la reine qui lui reprochait d'avoir fait transférer les princes à Marcoussis. Afin de mettre ces traîtres en lieu sûr, elle ordonna qu'ils fussent conduits au Havre.

— C'est le meilleur moyen d'augmenter les troubles en France, m'expliqua mon père le soir même alors que j'étais allée le voir dans sa chambre. Le parlement frondera plus que jamais... et puisqu'on ne m'écoute pas, je ne m'occupe plus de rien !

Il partit pour Paris très contrarié après avoir refusé de revoir la reine. C'est à la suite de cet affront qu'il se lia avec les amis de Monsieur le Prince.

20

De la haine à l'amitié

La santé de la reine ne se méliorait point malgré les purges et les saignées. Je l'allais voir tous les jours. On murmurait que le cardinal, qui était à la guerre en Champagne, réclamait un bulletin de santé quotidien.

Seul le parti des frondeurs devait se réjouir de la maladie de la reine. Si elle venait à disparaître, la place de régent serait vacante.

Un après-dînée, la reine, alanguie sur son lit, ne m'entendit point entrer dans sa chambre tant elle était absorbée par la lecture d'une missive. À ma vue, elle posa promptement le courrier à l'envers sur la courtine, et se troubla.

— M. le cardinal est un homme prévenant qui a la délicatesse de s'enquérir de ma santé. De plus, il est bon capitaine. Il vient de reprendre Rethel à ce traître de Turenne qui commandait l'armée de Condé, m'expliqua-t-elle sans que je ne demande rien.

La rumeur prétendait que la reine et Mazarin éprouvaient de tendres sentiments l'un pour l'autre. Connaissant la foi et la rigueur de la reine, je n'y avais jamais cru. La rougeur qui l'empourpra et son geste de méfiance me firent penser qu'il y avait peut-être un peu de vrai dans ces commérages de cour. Après tout, Mazarin avait belle allure, sa voix était douce, il était constamment aux côtés de la reine pour la conseiller et bien qu'il ait le titre de cardinal, il n'avait jamais été ordonné prêtre, alors... Cette hypothèse m'agaça. Décidément, cette femme avait tout pour elle ! Elle était reine, avait enfanté deux beaux garçons dont Louis qu'elle préparait à monter sur le trône, et en plus, le ministre pour qui elle avait de l'inclination soupirait pour elle ! Une pointe de jalousie vint me piquer le cœur. Rencontrerai-je, moi aussi, un jour, un prince délicat et courageux désireux de m'épouser ? Le temps passait et, si on m'avait fait miroiter plusieurs unions, aucune ne s'était concrétisée.

Le cardinal revint de Champagne le dernier jour de l'année 1650, fier et triomphant. Il avait repris de nombreuses places tombées entre les mains des partisans de Condé et, comme la santé de la reine s'était enfin méliorée, toute la cour était joyeuse.

— C'en est fini de la Fronde ! assura-t-il à la reine lorsqu'il la visita.

— Dieu vous entende, mon ami, répondit-elle.
Dieu fit la sourde oreille.

Le parlement continuait à réclamer la liberté de Condé. Mon père, jugeant la chose absolument nécessaire, pressa la reine de l'accepter. Mazarin servit à Monsieur un beau discours sur la nécessité de le garder prisonnier.

— Eh bien, puisque vous décidez seul de ce qui est bon pour le pays, s'emporta mon père, sachez que je ne mettrai plus jamais les pieds aux conseils du roi tant que vous y serez.

C'est mon père qui me conta cet incident le soir même.

En ce début d'année 1651, tout allait de travers. Le parlement continuait à réclamer la libération des princes, Monsieur soutenait le parlement, le peuple grondait, les frondeurs se rassemblaient et Mazarin ne voulait céder sur rien. Les menaces sur sa personne pleuvaient pourtant et j'entendis un soir des gens crier dans les rues : *Que le cardinal périsse ! Qu'il soit chassé ! Point de Mazarin !* et d'autres chanter à tue-tête :

Un vent de Fronde
A soufflé ce matin,
Je crois qu'il gronde
Contre le Mazarin.

Ce soir du 6 février 1651, j'avais décidé de me coucher de bonne heure car je m'étais levée matin. Comme Rosette m'aidait à me dévêtir, un grand tumulte venant de la ville piqua ma curiosité. Je sortis sur la terrasse des Tuileries où je logeais. Il faisait un beau clair de lune. Au bout de la rue, je vis des cavaliers qui favorisaient la sortie du cardinal par une porte dérobée. Des coups de feu éclatèrent, on courut, on cria... je me disais que peut-être, c'en serait fini du Mazarin... mais je vis une casaque rouge et un chapeau à plumes s'enfuir à cheval. J'en déduis qu'il était sauf... Dommage.

J'appris le lendemain qu'il s'était réfugié à Saint-Germain, ce qui n'était pas trop loin.

À la suite de la fuite de Mazarin, les rumeurs prétendirent que la reine et le roi allaient eux aussi quitter la capitale. On contait que des déguisements de fermière, de laquais et même de harengère avaient été livrés au palais. Monsieur en était lui aussi persuadé. Il ordonna aux bourgeois de prendre les armes et de garder les portes et les avenues du Palais-Royal. Tous les soirs, un garde s'assurait que le roi dormait bien dans son lit.

Je n'approuvais point trop la façon de procéder de mon père. De ce fait, ce furent des moments où je parus peu à la cour afin de ne pas être contrainte de choisir entre les deux camps.

Et puis, début février, deux bonnes nouvelles nous parvinrent : On avait libéré les princes de leur prison du Havre et le cardinal avait fui en Allemagne.

Une foule énorme et joyeuse s'avança jusqu'à Saint-Denis pour accueillir les prisonniers. Monsieur y était, toute la cour avec lui et moi bien évidemment. Je n'aurais point voulu manquer un pareil événement. Le chemin menant à Paris était bordé de carrosses.

— Monsieur a fière allure, me souffla Jean-Louis.

Il avait la délicatesse de ne jamais dire « notre père ». Ce garçon avait de l'à-propos et de la modestie. Des qualités utiles à la cour.

Sur l'invitation de mon père, les princes se rendirent au palais du Luxembourg pour le souper. Ils me saluèrent avec courtoisie et me firent mille compliments. Les compliments finis, le prince de Condé et moi, nous nous avouâmes l'aversion que nous avions eue l'un pour l'autre.

— Puisque nous avons décidé de jouer cartes sur table, je reconnais que je n'étais point fâché lorsque vous avez eu la petite vérole et fort déçu que vous n'en fussiez point marquée, me dit-il.

— Sachez, Monsieur le Prince, que j'ai sauté de joie lorsqu'on vous a enfermé !

— Je vous ai beaucoup haïe !

— Je vous ai longtemps souhaité tout le mal du monde !

— À présent, mon épée est à votre service...

— Je vous en remercie, d'autant plus que, d'après ce que l'on affirme, vous vous en servez fort bien.

Ces joutes verbales amusèrent l'assistance et nous en rîmes aussi de bon cœur. En conclusion, nous nous promîmes d'être, à présent, de véritables amis.

21

Reine de France ?

C'est à ce moment-là que Mondevergue, revenu d'Allemagne, me rapporta que l'empereur avait choisi d'épouser la princesse de Mantoue.

— Tant mieux ! assurai-je avec insolence. Cet homme-là ne me méritait point.

Mais mon ton ne reflétait pas mon tumulte intérieur. Que Ferdinand III ait préféré cette princesse moins bien née que moi était incompréhensible, sauf si certaines personnes œuvraient en sous-main pour faire échouer mes projets de mariage afin de me conduire au couvent !

À qui parler de ma déconvenue ? À qui demander conseil ? La cour, au courant de tout, allait, à n'en point douter, se gausser de moi et de mes échecs. Une fois de plus, je me sentis bien seule et pour tout dire bien triste également.

Afin de me changer les idées, je rendis visite à Mlle de Scudéry[1] sous le prétexte de la féliciter pour la publication de son roman *Artamène ou le Grand Cyrus.*

— J'arrive de Vincennes où l'on donne à visiter comme une curiosité la chambre où Condé a été enfermé, m'informa-t-elle. Et savez-vous ce que l'on peut y voir ?

— J'attends que vous me l'appreniez.

— Des œillets, ma bonne ! Pour adoucir un peu sa captivité, ce prince avait planté des œillets dans des pots installés sur une terrasse où il avait parfois l'autorisation de s'aérer.

— Voilà qui est surprenant, en effet.

— Aussi, en guise d'hommage, j'ai gravé sur les murs de sa cellule ces quatre vers :

En voyant ces œillets qu'un illustre guerrier
Arrosa de sa main qui gagnait des batailles,
Souviens-toi qu'Apollon a bâti des murailles,
Et ne t'étonne plus de voir Mars jardinier.

Un homme qui aime tant les fleurs ne mérite pas la prison !

Je partageais son avis et je la quittai, songeuse. J'imaginais Condé grand guerrier... et je l'imaginais aussi s'occupant de ses fleurs... C'était une attitude si inhabituelle que cela me troubla.

1. Madeleine de Scudéry (1607-1701), femme de lettres française, auteur de longs romans galants. *Le Grand Cyrus* comporte dix volumes.

À peu près au même moment, Claire-Clémence, son épouse, fut grièvement malade. L'idée que, si elle venait à trépasser, Condé pourrait être un agréable parti pour moi me vint à l'esprit sans que je m'en défende.

En effet, depuis notre réconciliation, je trouvais le prince fort à mon goût. Il n'avait que six ans de plus que moi. Son courage et sa délicatesse avaient fini par me séduire. Sa naissance était égale à la mienne puisque dans ses veines coulait le sang de notre vénérable aïeul Henri IV et l'épouser n'était pas une mésalliance.

Je rêvais donc... tout en sachant qu'il serait difficile d'obtenir l'accord de la reine. C'était la règle puisque j'étais princesse du sang. Or, l'union de nos deux maisons pouvait la mettre en danger. En effet, mon père, soutenu par la vaillance de Monsieur le Prince à qui je ne refuserai pas ma fortune pour payer les armées, était bien capable de renverser la Régence et de prendre le pouvoir. Il ne me déplaisait point d'envisager cette éventualité. Mon amitié pour la reine avait, au fil des intrigues qu'elle avait nouées, considérablement diminué. De plus en plus, j'avais envie de m'affirmer. C'était sans doute l'occasion de le faire. La difficulté ne m'effrayait point. Au contraire, elle me stimulait.

Monsieur le Prince entretenait largement mon espoir car il venait me voir tous les jours. Nous bavardions comme des amis, mais parfois, un regard appuyé, un geste, me laissaient à penser que je lui plaisais. Dieu, que c'était agréable ! Rien à voir avec ce balourd de roi d'Angleterre qui ne savait point parler et baissait les yeux devant moi !

Mais Claire-Clémence recouvra la santé. Une fois de plus, mon prétendant me faisait faux bond... Cela devenait une habitude. Mais on ne s'habitue point à ce genre de choses et j'en fus, pendant plusieurs jours, si vivement meurtrie que je demeurai enfermée pour cacher ma déconvenue.

Jean-Louis n'était point là pour me distraire car, depuis peu, il était entré à l'école des pages pour parfaire son éducation.

Un événement d'importance me fit sortir de ma réserve.

Le 26 février 1651, à l'occasion du carnaval, le roi convia toute la cour au Palais-Royal pour assister à un ballet en quinze entrées dans lequel il dansait : *Le Ballet de Cassandre*. Je savais que le roi aimait beaucoup la danse, mais j'étais impatiente de le voir sur une scène. Je ne fus pas déçue.

Les tailleurs avaient rivalisé de talent dans la confection des costumes qui étaient tous somptueux. Il y avait de l'or, de la dentelle, de la soie, des plumes multicolores. Les décors étaient eux aussi magnifiques. Quant à la musique, elle était tout à fait admirable. Le roi interpréta un chevalier, puis un Poitevin. Pour ce faire, il avait appris une danse de cette région, le tricotet, qui se dansait à pas menus[1]. Plusieurs de ses

1. Cette danse a donné le menuet.

amis dansèrent avec lui. Plus de vingt-six ! Je regrettais que le roi n'ait point pensé à moi dans la distribution des rôles. Je n'y aurais point été ridicule, car je danse fort bien. Mais il est vrai qu'il n'était point dans la coutume de voir danser les dames sur une scène.

Le roi m'honora en me dédiant ce ballet, preuve que je ne lui étais point indifférente. Je reçus cette dédicace comme l'hommage d'un jeune homme ayant quelques sentiments pour une jeune femme...

À la fin de la première représentation, je vins le féliciter et le remercier pour la dédicace.

— La dédicace est pour vous prouver mon amitié sincère, me répondit-il dans un souris ravageur.

— Mon amitié vous est depuis longtemps acquise, assurai-je.

— M'avez-vous trouvé bon danseur ?

— Excellent. Votre Majesté est bien au-dessus des autres.

— J'aime être sur une scène et sentir les regards braqués sur moi... J'ai déjà une autre idée pour un prochain ballet.

Le ballet fut repris cinq fois et je ne manquais aucune des représentations.

Le 2 mai, le roi dansa à nouveau dans *Le Ballet des fêtes de Bacchus*. Depuis plusieurs semaines déjà, toute la cour ne parlait plus que de cet événement ! J'y accompagnai la reine et ses dames et il y avait tant de presse que Mlle de Genlis faillit être renversée et que les pieds de Mme de Frontenac furent martyrisés par quelques malotrus qui voulaient se faufiler afin d'être placés sur le devant. Cette fois encore, les costumes étaient des plus somptueux, les décors étaient grandioses et la musique fort agréable. Le ballet comptait trente entrées... mais je n'avais d'yeux que pour le roi... et je n'étais pas la seule. On ne voyait que lui tant il était souple, élégant, gracieux et beau !

Dès qu'il fut sorti de scène, je vins le féliciter comme je l'avais fait pour le premier ballet.

Est-ce que cela vous a plu ? s'inquiéta-t-il.

— Beaucoup ! Cette fois encore, vous dépassez largement les autres.

— Je vous remercie, ma cousine. Je suis le roi, et je me dois d'être le meilleur.

Afin de pouvoir satisfaire tous les gens de la cour qui n'avaient pu obtenir une place dans la salle du Palais-Royal, il y eut quatre autres représentations. Mais il y en aurait eu dix de plus que la salle aurait toujours été pleine.

Voilà comment j'aimais la vie !

Mon amitié avec Louis semblait se renforcer de jour en jour.

Plusieurs fois il souhaita que je vinsse me promener à cheval avec lui. Je m'apprêtais avec grand soin, choisissant chaque fois une tenue nouvelle et colorée (Louis appréciait les tons vifs), un chapeau un peu coquin agrémenté de nombreuses plumes. Je faisais provision d'anecdotes amusantes et je les servais à bon escient lorsque nous croisions tel ou tel gentilhomme, ou quelques dames ennuyeuses. Je me montrais gaie, attentive à sa conversation et prête à piquer des deux[1] pour un galop lorsqu'il en manifestait le désir. Louis était tout aussi gai et prenait grand plaisir à notre compagnie. Je dis « notre » car Mlle de Frontenac, demoiselle d'honneur de sa mère, nous suivait pour nous servir de chaperon.

Après quinze jours d'agréables promenades, Mme de Fiesque m'annonça :

— La reine ne souhaite plus que le roi aille se promener à cheval.

— Ah ? Et quelle en est la raison ?

— Le roi est amoureux de Mlle de Frontenac et la reine veut faire cesser cette idylle naissante.

Cette révélation m'assomma. Quoi ? Me serais-je méprise à ce point ? Les œillades, les rires, les conversations de Louis auraient été adressés à Mlle de Frontenac ? C'était impossible ! Certes, elle était plus jeune et plus jolie que moi... mais elle était aussi sotte qu'un panier. Louis ne pouvait pas s'être entiché d'une telle potiche !

À mon avis, la reine, voyant l'attachement que Louis commençait à me porter, avait imaginé ce prétexte pour l'éloigner de moi. Elle savait bien que j'étais le meilleur parti pour son fils, hors l'infante d'Espagne pour qui elle avait une préférence... préférence que ne partageait point Louis.

1. Piquer les deux éperons dans les flancs du cheval pour lui ordonner d'avancer vite.

— J'ai vu le portrait de l'infante, elle n'est point à mon goût... et puis, je déteste les petites filles ! m'avait-il confié récemment.

Il suffisait donc de patienter, d'ici quelques semaines, le roi serait majeur et il pourrait imposer ses volontés.

Le 7 septembre 1651, on célébra la majorité du roi. Cinquante gardes aux livrées royales, deux cents chevau-légers du roi en uniforme agrémenté d'or, cent Suisses en velours noir et or, les trompettes, les hérauts d'armes, les pages coiffés de plumes, les officiers des régiments défilèrent dans les rues jusqu'au parlement. Le roi portait un habit entièrement rebrodé d'or et de pierreries et sur sa monture, il avait vraiment fière allure. Les gens hurlaient « vive le roi » en agitant leur bonnet, leur chapeau et en lançant des fleurs.

J'eus le sentiment que plus rien ne pourrait ébranler ce jeune monarque, que les frondeurs allaient se ranger sous sa bannière, qu'enfin la paix allait se faire et qu'il m'épouserait.

22

Comment je devins guerrière

Pourtant, bien que Louis m'ait plusieurs fois manifesté son attachement, il ne se décidait point à indiquer clairement que j'étais la reine qu'il s'était choisie. Certes, il ne pouvait brusquer sa mère dès sa majorité, mais j'aurais apprécié un peu plus d'empressement à mon égard. Il me saluait fort courtoisement et m'accordait quelques souris... mais j'attendais plus.

Je commençais à me dire que, une fois de plus, j'avais pris mes désirs pour des réalités ce qui occasionnait chez moi des sautes d'humeur que mon entourage me reprochait.

— Par Dieu, m'énervai-je un soir, alors que Rosette me coiffait avant que je ne me couche et que Mme de Fiesque m'agaçait par des remarques sur un conte que j'aurais inventé pour rire d'une demoiselle d'honneur de la reine. Voilà que je viens encore une fois de me laisser berner par des promesses de mariage qui ne sont jamais tenues, et vous venez me reprocher, à moi, je ne sais quelle menterie dont je n'ai même plus le souvenir !

Mes dames sentirent que ce n'était pas le moment de me chercher noise et elles exécutèrent leur tâche sans sourciller. Cela ne me calma pas pour autant, et, plusieurs soirs de suite, j'eus du mal à dormir.

Mes projets matrimoniaux m'avaient fait perdre de vue un moment que la Fronde n'était point morte...

Mon père fut plusieurs fois humilié par des décisions de la reine. Cela me blessa et me fit me rapprocher du prince de Condé qui soutenait mon père.

À la mi-septembre 1651, ce prince quitta Paris pour la Guyenne dont il était gouverneur. Il avait l'intention d'enrôler ses partisans et de négocier avec les Espagnols, pourtant nos ennemis.

Voyant cela, la famille royale, les ministres et la cour partirent le 27 septembre pour le Sud-Ouest afin de soutenir leurs troupes et s'opposer autant que possible à l'influence de Condé. Je n'étais point de ce voyage et je n'en connus que des bribes.

Sur les ordres du roi, le cardinal quitta son exil et revint en France le 24 décembre. Dès que mon père le sut, il envoya ses troupes se poster sur tous les passages des rivières pour empêcher sa progression. Malheureusement, Mazarin passa la Loire à Gien sans aucune résistance car le pont n'était défendu que par cent mousquetaires. Il entra donc sans grandes difficultés dans Poitiers le 30 janvier où Leurs Majestés l'accueillirent comme leur sauveur.

J'étais grandement fâchée de son retour, mon père et Condé également.

— Ainsi, la reine et le roi persistent à garder Mazarin près d'eux ! m'insurgeai-je. Quand donc admettront-ils que toute la France le déteste !

La cour se rapprocha de Paris et s'arrêta à Blois en attendant de pouvoir entrer dans Orléans. Cette terre appartenait à mon père et les armées du roi avaient tellement dévasté les alentours que les gens d'Orléans craignirent d'être eux aussi pillés. Ils auraient bien laissé entrer le roi, mais sans Mazarin qu'ils haïssaient... Les discussions commencèrent.

Ses amis conseillèrent à mon père de venir en grande diligence à Orléans afin de conserver cette ville si considérable. Selon son habitude, il hésita...

— Je ne peux abandonner Paris en ce moment. Le roi n'y est point... Si je pars, je laisse la place vacante, m'expliqua-t-il.

— Orléans vous réclame. Sans vous, la ville se rendra au roi et sera perdue.

— Ah, que tout cela est donc compliqué ! Moi qui ne rêve que d'une vie calme..., se plaignit-il.

Je ne me laissai pas attendrir par ses jérémiades. Il les servait chaque fois qu'une grave décision devait se prendre. Je le secouai un peu :

— Il faut agir, père ! Cessez de tergiverser !

— Et si vous y alliez, vous ?

— Moi ?

— Oui. Je suis certain que vous saurez parler au gouverneur d'Orléans afin qu'il nous reste fidèle. Je vous fais entièrement confiance. Il faut empêcher par tous les moyens que l'armée du roi franchisse la Loire.

— Je serai heureuse de vous servir ! répondis-je.

Je n'avais pas, Dieu merci, la même mollesse de tempérament que mon père et agir pour sauver Orléans des griffes du Mazarin me galvanisait. Et si en plus je pouvais y gagner l'amitié et la considération de mon père...

Je donnai aussitôt des ordres pour mon équipage. Jean-Louis, Mme de Frontenac et la comtesse de Fiesque m'accompagnèrent. J'avais détesté Mme de Fiesque lorsqu'on me l'avait imposée, mais nous nous étions habituées l'une à l'autre et, au fil des ans, j'avais fini par l'apprécier.

Il était deux heures après minuit lorsque tout fut prêt. Je me couchai donc, mais le lendemain qui était le jour de Pâques fleuries[1], j'allai à sept heures faire mes dévotions afin d'obtenir la bénédiction de notre entreprise. J'y croisai le marquis de Vilaine qui se prétendait astrologue. Il me tira par le bras dans un coin et me dit :

— Tout ce que vous entreprendrez le mercredi 27 de mars depuis midi jusqu'au vendredi réussira, et vous ferez même des choses extraordinaires.

1. Dimanche des Rameaux, fête religieuse catholique qui a lieu une semaine avant Pâques.

Je n'y croyais point trop... mais j'avais tant besoin d'encouragements !

Le 25 mars, mon carrosse quitta la cour des Tuileries. De la fenêtre où il s'était placé pour me voir, mon père m'adressa un discret signe qui me fit chaud au cœur. C'était pour la fierté de notre maison que je partais à sa place. Je n'osais m'avouer que c'était aussi peut-être pour impressionner Condé que j'appréciais de plus en plus.

Lorsque nous fûmes dans les plaines de la Beauce, comme il faisait beau, je quittai ma voiture et je montai à cheval, ce qui procura beaucoup de joie aux troupes qui m'acclamèrent.

— Monsieur votre père n'aurait pas été plus fêté que vous l'êtes ! m'assura M. de Nemours. D'ailleurs, tout le monde souhaite que vous teniez un conseil de guerre.

— Moi ? m'exclamai-je en riant, mais je ne saurais point, ce n'est pas le rôle d'une dame.

— Vous avez le courage de remplacer Monsieur, ajouta M. de Rohan, il faut donc vous accoutumer à parler de la guerre.

Nous en discutâmes ensemble. Il fut convenu que nous ne passerions point la Loire sans l'accord de Monsieur. Nous décidâmes d'attaquer Jargeau[1] afin d'avoir un poste sur ce fleuve et ainsi couper la route

1. Jargeau (Gerjeau au XVIIe siècle) arrondissement d'Orléans (Loiret).

d'Orléans à la cour. Je m'aperçus que j'étais aussi à l'aise au milieu dcs armées qu'à danser une gavotte dans un bal et que le contact avec ces hommes rudes me plaisait presque autant que les compliments mielleux des gentilshommes de la cour.

Le lendemain, le marquis de Flamarens vint au-devant de moi.

— Les messieurs d'Orléans sont très embarrassés et ne savent plus s'ils doivent ouvrir la ville au roi qui approche ou à vous-même. Ils regrettent beaucoup que vous ne soyez plus du parti du roi... Ils vous conseillent de vous éloigner de la ville et dès que le roi y sera venu, ils vous en autoriseront l'entrée.

— Comment ! m'insurgeai-je, cette ville qui appartient à mon père refuse de m'ouvrir ses portes !

Je décidai d'y aller quand même.

— Si je réussis à pénétrer dans la ville, ma présence fortifiera les esprits de ceux qui sont fidèles à mon père et fera honte à ceux qui sont pour le Mazarin.

— En effet, m'assura M. de Nemours, qu'une dame de votre qualité s'expose avec tant de courage ralliera le peuple d'Orléans à votre cause. Nous allons faire marcher les troupes.

— Pas de temps à perdre, je pars avec une seule troupe, nous irons plus vite.

Vers onze heures j'étais devant la porte Bannière qui était fermée et barricadée. Je me fis annoncer. J'attendis trois heures, mais elle ne s'ouvrit point.

J'allai loger dans une hôtellerie proche, et comme il faisait beau, je me promenai sur le bord du fossé contre l'avis des gens qui m'accompagnaient. Le rempart était rempli de peuple qui, en me voyant, se mit à crier : *Vive le roi, les princes, et point de Mazarin !* Et moi, je hurlais, les mains en porte-voix : « Allez à l'Hôtel de Ville me faire ouvrir la porte ! »

Tout en marchant, j'arrivai à une autre porte. La garde se mit en haie sur le rempart pour me faire honneur.

— Ouvrez-moi la porte ! criai-je au capitaine.

— Je n'ai point la clef ! me répondit-il.

— Eh bien, il faut la rompre !

Comme, par gestes, il me montrait son impuissance, je m'énervai :

— Je suis la fille de votre maître, vous me devez obéissance !

Mais c'était comme si je m'adressais tout simplement aux pierres de la muraille. Je me tournai alors vers Mme de Fiesque qui m'accompagnait sur le fossé.

— Ne sommes-nous point le 27 mars ?

— Si fait.

— Alors, selon la prédiction, il doit m'arriver quelque chose d'extraordinaire. Je ferai rompre les portes ou j'escaladerai les murailles.

— Rien de tel ne semble possible, se moqua Mme de Fiesque. Le sieur de Vilaine est un mauvais astrologue.

Je ris avec elle, ce qui évacua notre nervosité.

Nous avancions sur le fossé et, par défi et par jeu, je chantonnai le refrain qui était devenu l'air des frondeurs :

Un vent de Fronde
A soufflé ce matin,
Je crois qu'il gronde
Contre le Mazarin.

— Taisez-vous, Mademoiselle, me gronda Mme de Fiesque, ce n'est point le moment d'exciter les rancœurs !

Je ne l'écoutai point.

Nous nous trouvâmes bientôt au bord de la Loire où tous les bateliers, me reconnaissant, m'envoyèrent des compliments. Je leur répondis par mille gentillesses afin d'essayer de les gagner à ma cause. Car, sitôt que je les avais vus, un plan s'était mis en place dans mon esprit.

— Pourriez-vous me conduire, en bateau, jusqu'à la porte de la Faux ?

— Il y a mieux à faire, m'assura un grand gaillard. Nous pouvons rompre la porte Brûlée. Elle donne sur l'eau... et elle est déjà à moitié pourrie.

— Faites, mon brave ! lui lançai-je en même temps qu'une petite bourse garnie de pièces.

Afin de suivre l'avancée du travail, je montai sur une butte de terre comme l'aurait fait un chat, m'accrochant aux arbustes, sautant par-dessus une haie et me griffant aux ronces. Mme de Fiesque tenta de me suivre, mais y renonça vite.

— Revenez ! m'ordonna-t-elle, vous vous exposez inutilement !

— Poltronne ! me moquai-je.

Seul, Jean-Louis me suivit. À présent, il avait quatorze ans et s'il continuait à suivre les leçons d'équitation et celles de son maître d'armes, il passait beaucoup de temps avec moi et me servait avec zèle. Lorsqu'il était à mon côté, je me sentais en sécurité. D'ici quelques années, il serait un brillant capitaine !

Voici quelques mois déjà, comme je cherchais un moyen de le distinguer et de montrer discrètement qu'il était de ma maison, je lui avais offert ma terre de Charny et le titre de chevalier de Charny.

— Je ne peux accepter, s'était-il défendu.

— Vous le devez. Cela compense fort modestement le fait d'avoir du sang Bourbon et de n'en recevoir aucun avantage.

— J'ai celui d'être votre obligé et c'est déjà beaucoup. Plusieurs de mes compagnons de l'école des pages rêveraient de vous servir et j'ai fait des envieux lorsque je leur ai appris que j'étais de votre maison.

Bien que j'aie été discrète sur l'attribution de cette terre et de ce titre, mon père l'avait découvert. Il m'avait fait venir et avait tempêté :

— Voilà que vous distribuez terres et titre à n'importe qui !

— Jean-Louis n'est pas n'importe qui. C'est votre fils.

Il avait viré au rouge et avait balbutié :

— Que me contez-vous là ? Je n'ai qu'un fils et il est encore au maillot[1].

— Celui-ci a quatorze ans et vous avez bien connu sa mère : Louison Roger de La Marbellière.

Il avait hurlé à s'étrangler :

— Ne prononcez jamais ce nom devant moi ! Cette... cette fille est une gourgandine... et cet enfant n'est pas de moi !

— Il a pourtant les traits des Bourbons, leur courage aussi !

— Menteries !

Ignorant sa colère, j'avais poursuivi :

— Sa mère me l'a confié et je le fais éduquer... Il m'a paru important de lui donner un titre en rapport avec son... son sang.

— Sortez ! Et ne me parlez plus jamais de... de ça !

Je n'avais pas informé Jean-Louis de cet entretien houleux. J'avais honte que mon père n'assume pas sa faute, mais son attitude n'avait fait que me conforter dans l'idée que c'était à moi de m'occuper de l'établissement de mon frère.

Je lui adressai un regard amical tandis que nous avancions sur la butte de terre. Comme s'il avait deviné le cheminement de mes pensées, il me dit en bombant le torse :

— Je suis là pour vous protéger, Mademoiselle.

1. Expression qui signifie qu'il s'agit d'un bébé encore emmailloté.

— Je sais que je peux compter sur vous, monsieur de Charny.

À ce moment-là, un malandrin lança une pierre du haut de la muraille et l'atteignit au front. Il chancela, mais ne tomba point. Il porta la main à sa blessure et la retira pleine de sang. Je m'approchai de lui pour le réconforter, mais il se redressa bravement.

— Ce n'est rien, une égratignure. On n'abat pas aussi facilement les gens de notre race.

— Je suis fière que vous soyez de ma maison, monsieur de Charny.

Quelque temps plus tard, on me vint dire que les bateliers avaient terminé leur travail. Ils avaient mis deux bateaux côte à côte pour me servir de pont et une échelle dans le dernier afin que je pusse atteindre la porte car l'eau était basse. Je franchis ce pont improvisé sans encombre et j'entrepris de monter à l'échelle qui était fort haute. Il lui manquait un échelon et je dus me hisser à la force des bras en faisant un grand écart sur le suivant. Mme de Fiesque poussa des cris d'indignation. Je suppose que l'on aperçut mes chevilles ou même mes mollets dans cette ascension.

— Vous allez vous rompre le cou ! criait-elle.

Elle n'avait pas tort. Mais j'étais prête à tout pour faire réussir le plan décidé par mon père. J'ordonnais à mes gardes de ne point me suivre afin de montrer à ces messieurs d'Orléans que j'entrais dans leur ville en toute confiance puisque je n'avais aucuns gens d'armes avec moi.

— C'est de la folie, de la folie ! glapissait Mme de Fiesque.

Que cette femme était donc peureuse !

Enfin, la porte rompit, mais comme deux énormes barres de fer situées à l'intérieur en empêchaient l'ouverture, les bateliers en ôtèrent deux planches du milieu. Jean-Louis m'aida à m'y faufiler. Je n'étais pas sitôt de l'autre côté que l'on battit le tambour et les cris de « Vive le roi, les princes et point de Mazarin » redoublèrent. Deux hommes me firent asseoir sur une chaise de bois et me portèrent dans une joie indescriptible. La chaise tanguait, tournait. Je riais, les gens autour de moi riaient, me baisaient les mains. Puis, j'en eus assez de ce charivari peu en accord avec mon rang.

— Je peux marcher, leur dis-je le plus gentiment possible, posez-moi à terre maintenant.

J'attendis les dames de ma suite qui arrivèrent bien crottées après avoir franchi le talus. Devant moi se plaça une compagnie de la ville qui, tambours battants, m'ouvrit la marche. Le gouverneur et ces messieurs de la ville vinrent au-devant de moi assez ennuyés. Je choisis de prendre la parole d'une manière désinvolte :

— Ah, messieurs, j'étais si impatiente d'avoir le bonheur de fouler le sol de ma bonne ville d'Orléans, et je m'ennuyais tant à la porte Bannière qui tardait à s'ouvrir... que j'ai emprunté la porte Brûlée qui, par je ne sais quel hasard, était ouverte. Ainsi, le roi ne pourra point vous reprocher de m'avoir ouvert puisque je suis entrée sans votre accord et sans votre aide.

En bredouillant un peu, ils me firent leurs compliments, puis au fur et à mesure que nous avancions, nous nous mîmes à causer comme si rien d'anormal ne s'était passé. Je pris possession de mon logis où je reçus tous les honneurs qui m'étaient dus. Ce soir-là, je m'endormis en imaginant la satisfaction de mon père et de Condé lorsqu'on leur conterait cette histoire.

Le lendemain, accompagnée de Jean-Louis, j'allais à l'Hôtel de Ville pour y prononcer un discours. J'étais très embarrassée car je n'avais jamais parlé ainsi en public. Mais je rassemblai mon courage et je m'en sortis fort bien. À dire vrai, la fierté d'être considérée, pour la première fois de ma vie, comme une adulte responsable, et quasi un chef de parti, me donna des ailes !

M. de Beaufort et son armée se firent annoncer. Pensant qu'il fallait discuter de notre situation, je réunis dans une maison du faubourg les maréchaux, les lieutenants et les capitaines. Il s'y trouva quinze gentilshommes et j'étais la seule femme. Ce qui m'aurait gênée quelques jours auparavant ne me dérangea point. Chacun exposa son point de vue. Valon et Clinchamp souhaitaient marcher sur Montargis. Tavannes et Nemours voulaient aller sur Blois.

Lorsque tout le monde eut parlé, j'exposai mon idée.

— Ce n'est point mon métier..., commençai-je avec humilité.

— Certes, ironisa Nemours, les demoiselles ignorent tout de l'art de la guerre.

Je le foudroyai du regard et je repris :

— Ce n'est point mon métier, mais, comme en toute chose, le bon sens règle tout et quand on en a, une dame peut aussi bien qu'un homme commander une armée.

Nemours grommela je ne sais quoi, mais les autres m'encouragèrent à poursuivre.

— Je suis donc d'avis d'aller sur Montargis où les troupes seront vite maîtresses de la Loire et de l'Yonne, empêchant ainsi la cour de se rendre à Fontainebleau. Marcher sur Blois permettrait à l'ennemi d'avancer au lieu de lui couper la route.

M. de Nemours entra dans une si grande colère qu'il ne savait plus ce qu'il disait. Il empoigna M. de Beaufort en l'accusant d'aller contre les intérêts de notre cause. Beaufort, outré par cette accusation, sortit son épée. Nemours sortit la sienne.

— Messieurs, je vous en prie ! criai-je aux protagonistes.

Pendant plusieurs minutes, la confusion régna et je craignais qu'ils ne s'entre-tuent.

— Monsieur de Nemours, donnez-moi votre épée ! ordonnai-je.

Il finit par me la remettre à contrecœur et je la tendis au lieutenant des gardes.

J'insistai pour que les deux gentilshommes se réconcilient. Ils se serrèrent la main, mais de fort mauvaise grâce. Je savais qu'une nouvelle étincelle pourrait mettre le feu entre eux et les conduire au duel. Bien qu'ils soient beaux-frères[1], ces deux-là ne s'appréciaient guère. Ils avaient sans doute trop d'ambition et avaient la fâcheuse habitude de s'amouracher des mêmes femmes !

De retour en mon logis, une lettre de mon père m'attendait. Je lui avais conté par le menu mon entrée dans Orléans et il me répondait de la plus agréable façon. Il exprimait sa fierté par une phrase qui resta à jamais gravée en moi : *Votre action est digne de la petite-fille d'Henri le Grand.* Qu'il me rappelât ainsi mes origines royales me comblait d'orgueil. Il est vrai que, lorsque j'avais pris le commandement des opérations, j'avais senti ce noble sang couler dans mes veines.

1. Charles Amédée de Savoie, duc de Nemours (1624-1652) a épousé Élisabeth de Bourbon-Vendôme qui est la sœur du duc de Beaufort.

23

Comment je devins reine de Paris

Le prince de Condé me fit porter un pli dans lequel il me disait, entre autres gentillesses :

> *« Je me réjouis de l'heureux succès de votre entrée à Orléans. C'est un coup qui n'appartient qu'à vous et qui est considérable. »*

Que ce grand militaire salue mon action me comblait de fierté et de bonheur. C'est ce que j'avais secrètement espéré.

Je commençais à m'ennuyer fort à Orléans et j'avais hâte de regagner Paris. J'attendais donc les ordres de mon père en ce sens. Ils ne venaient point, mais comme j'avais pris l'habitude de prendre seule des décisions, le 2 mai, je quittai Orléans pour Étampes sans son autorisation. Il faisait très beau temps, je montai donc à cheval avec Mmes de Fiesque et de

Frontenac. Apparemment, tout le monde connaissait les exploits que j'avais accomplis pour entrer dans Orléans. À Étampes, l'on tira même le canon pour saluer mon arrivée !

Le matin, j'allai à la messe à pied à une église proche de mon logis. Je fus escortée par une foule nombreuse de gens qui voulaient me voir et me féliciter. Le tambour de la garde, les trompettes et les timbales marchaient devant moi.

— Vous êtes leur héroïne, me souffla Jean-Louis.

— C'est bien agréable.

J'avais pris goût à Orléans à inspecter l'armée. Je connaissais à présent les mots pour exhorter le courage des hommes. Aussi, je proposai de la voir promptement. Las, elle venait de partir pour Longjumeau. Je montai aussitôt à cheval pour la rejoindre.

— Les batailles ne sont point l'affaire des femmes, se plaignit Mme de Fiesque.

Je haussai les épaules sans répondre, mais Mme de Frontenac et elle me suivirent. On les nommait mes *maréchales de camp,* ce qui les amusait fort... tout en les effrayant.

En chemin, je trouvai MM. de Tavannes, Valon et Clinchamp qui m'apprirent que les ennemis marchaient vers nous et que nous devions décider s'il fallait combattre ou non.

— Monsieur m'a envoyé l'ordre de ne point combattre, m'annonça Valon.

— J'ai le même ordre de Condé, ajouta Tavannes.

— Alors, nous ne combattrons point ! s'écria, soulagée, la comtesse de Fiesque.

— Là où est Mademoiselle, les ordres qui ne sont point d'elle ne sont plus valables, décréta Clinchamp. Monsieur et le Prince de Condé approuveront tout ce que Mademoiselle fera.

Sa réponse me combla, bien que je ne sois pas certaine qu'il ait traduit convenablement les souhaits de mon père.

— Si je suivais mon instinct, l'on combattrait, dis-je. Mais c'est votre métier et pas le mien, c'est pourquoi je sollicite votre avis.

Clinchamp était d'avis d'attaquer. Nous en discutâmes longuement. Je leur conseillai de faire marcher les troupes afin qu'elles entrent dans la ville.

Lorsque j'allais les inspecter, tous les soldats hurlèrent : *Bataille, bataille !*

Après quoi, je choisis de continuer ma route vers Paris. Au Bourg-de-la-Reine, Monsieur le Prince et de nombreuses personnes de qualité me firent le grand plaisir de venir m'accueillir. Je fis monter Condé dans mon carrosse, mais afin de couper court aux rumeurs, j'invitai également quelques dames dont je me serais bien passée. Je dus leur conter par le menu toutes mes actions. J'observais le plus discrètement possible le visage de Condé pour étudier sa réaction. Il me parut qu'il était très étonné et assez admiratif. Cela me ravit.

J'allais immédiatement à Luxembourg pour rendre compte de ma mission à mon père. J'avais hésité à y entrer avec Jean-Louis, mais il m'avait dit :

— Ce moment-là n'est point pour moi. Il doit être entièrement à vous. C'est vous qui en êtes l'héroïne.

Ce garçon était parfait.

J'étais heureuse de revoir mon père dans d'aussi favorables circonstances. Je m'attendais à ce que lui aussi me félicite et exprime sa fierté de m'avoir pour fille. Cette perspective me faisait trembler d'impatience et de joie.

— Monsieur est souffrant, me répondit son premier valet. Il ne peut pas vous recevoir.

Condé qui m'avait accompagnée m'expliqua :

— Monsieur est fâché que vous ayez quitté Orléans sans son accord.

Cette attitude me blessa. Parce que cela l'arrangeait, mon père avait jugé qu'à vingt-cinq ans, j'avais assez de maturité pour traiter avec la ville d'Orléans, mais il ne supportait pas que je me sois passée de son autorisation pour revenir à Paris ! J'étais pourtant majeure depuis quelques mois[1] !

Pour me remettre de cette déception, Monsieur le Prince me suggéra :

— Il faut que vous alliez au Cours, tout le monde sera content de vous voir.

1. Au XVIIe siècle, la majorité civile est à 25 ans. La majorité matrimoniale (âge auquel on peut se marier sans le consentement des parents) est à 25 ans pour les filles et 30 ans pour les garçons.

Je quittai donc le Luxembourg et, dans les rues, on courait après moi pour avoir la chance de m'apercevoir. Le Cours était si rempli de carrosses que j'eus du mal à y entrer. Mes amis me félicitaient et l'on m'applaudissait de tous côtés. Après l'affront que mon père m'avait fait subir, ces témoignages d'amitié me réchauffèrent.

De retour à mon logis, Monsieur le Prince me dit encore :

— Ce que je souhaite le plus est que vous soyez reine de France. Nous y travaillons tous et je vous assure que la chose est en bonne voie.

— Je l'espère également car cela me comblerait, répondis-je du bout des lèvres.

J'eus un pincement au cœur. Lui étais-je donc si indifférente pour qu'il veuille me marier à un autre ? M'étais-je donc trompée sur ses sentiments ? Envisageait-il de se servir de moi pour satisfaire son ambition ? De toutes les façons, Condé n'était point libre et Louis l'était et me ferait reine de France... Qu'il était donc difficile de faire coïncider les élans du cœur et la raison... J'étais complètement tourneboulée et je le cachais de mon mieux.

Une foule continuelle vint me rendre visite.

L'un des premiers à se présenter fut le roi d'Angleterre. J'avais abandonné l'idée de l'épouser et moins je le voyais, mieux c'était pour lui comme pour moi. Il avait envoyé son jeune frère, le duc d'York, combattre avec les armées de Mazarin, ce qui me déplaisait fort. Aussi, je le reçus froidement, ne lui accordant que quelques paroles qui firent qu'il se retira promptement. Il fut sans doute vexé de n'avoir pas été accueilli plus chaleureusement. Il en parla à sa mère car elle vint me voir à son tour.

— Je n'ai point été étonnée d'apprendre que vous aviez sauvé Orléans des mains ennemies, commença-t-elle. Vous avez du caractère et du courage.

Sans méfiance, je la remerciais, mais elle enchaîna :

— Vous avez marché sur les traces de la Pucelle. Après tout, vous êtes comme elle... et comme elle, vous souhaitez bouter les Anglais hors de France.

La fin de sa phrase me mit mal à l'aise, d'autant qu'elle l'avait prononcée assez fort pour que toute l'assistance en profite. Je surpris quelques souris goguenards. Se moquer de ma virginité alors qu'à mon âge, la plupart des demoiselles de qualité étaient mariées et avaient déjà un amant, devait amuser quelques gentilshommes.

— La Pucelle était guidée par Dieu, ripostai-je en espérant que ma voix ne trahirait pas l'agacement que je ressentais. Je ne suis guidée que par le soin de bien servir mon roi et je ne chasse que ceux qui lui font du tort.

Cette brimade fit que durant plusieurs semaines de suite je n'allais point à Saint-Germain rendre visite à la reine d'Angleterre.

Cela ne me contraria point car il y avait tous les jours beaucoup de personnes considérables en mon logis. Condé y venait souvent pour mon plus grand plaisir. Il était assez distant sans que je m'en explique vraiment la raison... et il était hors de propos que je l'interroge. En fait, la cour était chez moi et je passais fort bien le temps. Tout le monde souhaitait m'honorer.

J'étais la reine de Paris et de la Fronde.

24

Où je devins capitaine de nos armées

Cependant, les troubles se poursuivirent entre ceux de notre parti qui souhaitaient chasser le Mazarin et les troupes du roi qui voulaient le conserver.

— Je viens d'apprendre que les soldats n'avaient point reçu leur payement depuis plusieurs mois, m'annonça Jean-Louis un matin.

— Comment ? Et l'on s'étonne ensuite qu'ils rechignent à se battre ! Apportez-moi ma cassette à bijoux, ordonnai-je à Rosette.

Je choisis un grand diamant qui avait été donné à mon aïeul le duc de Joyeuse par Henri III en personne.

— Oh, Mademoiselle, s'indigna Rosette, c'est la plus belle de vos parures !

Je haussai les épaules et je donnai le diamant à Jean-Louis.

— Il vaut deux cent mille livres, portez-le à qui de droit afin que nos troupes nous servent avec vaillance.

J'étais heureuse de participer à l'effort de guerre.

Un soir, Condé me rendit visite comme il le faisait souvent. Venait-il pour moi ou pour me faire un compte rendu de ses actions ? Peut-être un peu des deux... C'est, en tout cas, ce que j'espérais.

— Lors du siège d'Étampes, nos troupes ont décimé une grande partie des armées du maréchal de Turenne.

— Ce traître n'a que ce qu'il mérite.

— Certes, mais cette victoire aurait pu être catastrophique pour notre parti...

— Comment cela, mon ami ?

— Eh bien, sur les conseils de Mazarin, le roi avait pris le commandement de son armée durant le siège. Un trompette[1] avait été envoyé dans nos lignes pour dire qu'il ne fallait plus tirer. Mais le trompette ne trouvant aucun officier de sa connaissance donna l'information au premier qu'il rencontra. Celui-ci ne parlant point français n'y comprit rien et ne transmit pas le message.

— Seigneur !

— Notre armée continua donc à tirer !

— Et le roi ? A-t-il été touché ? m'alarmai-je.

— Non, fort heureusement.

— Oh, j'en serais morte de chagrin !

1. Celui qui joue de la trompette.

— Mais les Mazarins en ont profité pour affirmer que nous avions tiré sur le roi. Ce mensonge s'est répandu comme une traînée de poudre et nous discrédite aux yeux de tous.

— Nous nous occuperons de rétablir la vérité.

Monsieur le Prince amena bientôt ses troupes jusqu'à Saint-Cloud. Las, les soldats et même les officiers en profitèrent pour se rendre fréquemment dans Paris et se livrer aux plaisirs et à la débauche. On me conta que M. de Lorraine s'était amouraché d'Isabelle-Angélique de Châtillon. Elle se parait comme pour le bal chaque fois qu'elle espérait le rencontrer ! Mais elle faisait aussi le joli cœur auprès de MM. de Nemours et de Beaufort...

Monsieur le Prince vint, en hâte, voir mon père pour lui indiquer son plan :

— Nous allons décamper de Saint-Cloud où il est difficile de résister et nous poster à Charenton.

J'assistai à l'entretien. Depuis plusieurs jours, j'étais revenue à Luxembourg, afin de me raccorder avec mon père. Il ne m'accueillit pas à bras ouverts, mais il fit comme si aucun différend ne nous avait opposés et je fis de même.

J'aurais dû garder le silence pour conserver sa bienveillance, mais je ne pus retenir la critique qui me vint à l'esprit :

— Ce n'est point une bonne idée ! En effet, tandis que les troupes marcheront, il sera aisé de les tailler en pièces en les prenant sur le flanc.

— Depuis quand les filles ont-elles des conseils à donner sur la guerre ? ironisa mon père.

Je vis dans le regard de Monsieur le Prince qu'il partageait mes craintes, mais qu'il n'avait pas de meilleure proposition pour tenter de sauver la situation. Je serrai les lèvres et je me tus afin de ne point, une fois encore, me brouiller avec mon père. Mais décidément, à part le sang qui coulait dans nos veines, nous n'avions pas beaucoup de points communs. Cela me navrait.

Je passais la nuit à ma fenêtre à regarder défiler les troupes le long du fossé au son des trompettes et des tambours. Je ne me couchai que deux heures après minuit, triste à la pensée de ce qui attendait ces braves.

À six heures, on toqua à ma porte. Je m'éveillai en sursaut et j'appelai mes femmes pour ouvrir la porte. Le comte de Fiesque entra :

— Les troupes de Monsieur le Prince ont été attaquées à la pointe du jour. Il faudrait que l'on puisse entrer dans Paris par la porte Saint-Denis, mais les bourgeois refusent de l'ouvrir. Seul Monsieur peut en obtenir l'ouverture. Je suis venu le chercher, mais on vient de me répondre qu'il était malade.

— Malade ? Monsieur... Je l'ai quitté tantôt bien portant.

— Ah, Mademoiselle, Monsieur le Prince vous supplie de ne point l'abandonner.

— Il peut compter sur moi, il le sait.

Dès que Fiesque fut sorti, je me levai et m'habillai promptement puis je m'en allai au Luxembourg. Monsieur m'accueillit en haut des escaliers.

— Je vous croyais au lit, m'étonnai-je.

— Je ne suis pas assez malade pour y être, mais je le suis assez pour ne pas sortir.

— Vous ne pouvez pas abandonner Monsieur le Prince en ce moment. Il a cruellement besoin de vous !

— Je dois y réfléchir... ce n'est pas une décision que l'on prend en deux minutes.

— Mais, Monsieur, pendant que vous tergiversez, les nôtres se font massacrer !

— C'est la guerre...

— Justement, mais si, par votre présence, vous pouvez faire que notre parti la gagne, il ne faut pas hésiter...

— Je doute que ma seule présence soit suffisante pour changer les choses...

Je bouillais intérieurement devant tant d'indécision. Pendant de longues minutes j'essayai de le faire changer d'avis, tantôt m'énervant, tantôt suppliant... Rien n'y fit.

Furieuse, je quittai le Luxembourg bien décidée à agir sans trop savoir comment. Je ne supportais pas l'idée que nos gens puissent penser que les Orléans étaient des couards !

Chez moi, les comtesses de Fiesque et de Frontenac m'attendaient :

— Je vais à l'Hôtel de Ville afin d'obtenir l'ouverture des portes de Paris, leur annonçai-je.

— Pourquoi vous ? s'étonnèrent-elles.

— Ce serait trop long à vous expliquer. Me suivez-vous ?

Mon ton était si ferme qu'elles n'osèrent répliquer.

Nous montâmes dans ma voiture. Les bourgeois étaient dans les rues.

— Que devons-nous faire ? me demandèrent-ils. Commandez, nous vous suivrons !

Leurs marques de confiance m'honoraient et j'eus soudain la furieuse envie de renouveler l'exploit que j'avais accompli à Orléans afin de me couvrir de gloire et de montrer à tous (et à Condé en particulier) de quoi une princesse du sang de la famille des Orléans était capable.

À l'Hôtel de Ville, le gouverneur de Paris et le prévôt des marchands me reçurent.

— Monsieur étant souffrant, il m'a chargé de le représenter. Il faut armer tous les quartiers de la ville et envoyer deux mille hommes à Condé.

— On ne peut, Mademoiselle, détacher des bourgeois comme des gens de guerre.

— Certes, mais je gage qu'ils seront tous ravis de tirer Monsieur le Prince du péril où il est exposé. De plus, il faut que vous autorisiez nos troupes à traverser la capitale.

Ils refusèrent. Nous parlementâmes longuement. Je perdais patience.

— Quelle honte ce serait pour Paris si, tandis que nous discutons, Monsieur le Prince périssait faute de secours !

J'emportai ainsi leur décision et j'envoyai Jean-Louis, en toute hâte, dire au Prince de Condé que j'avais obtenu l'entrée de la ville pour nos troupes.

Je quittai l'Hôtel de Ville. Dans la rue de la Tixeranderie, le spectacle était affreux : je voyais des morts, des blessés, les uns à la tête, les autres au corps, aux bras, aux jambes, ils étaient sur des chevaux, à pied, couchés sur des échelles, des planches... Beaucoup d'Espagnols venus renforcer l'armée de Condé, reconnaissables à leur écharpe rouge, gisaient sur le sol. Je plaignais les blessés, car les Parisiens, qui les considéraient comme nos ennemis héréditaires, les achevaient sans état d'âme.

Je trouvai refuge dans une maison proche de la Bastille dont les fenêtres donnaient sur la rue. Monsieur le Prince y entra quelques heures après moi. Je crus voir un démon de l'apocalypse !

— Ciel ! Dans quel état êtes-vous ? m'affolai-je.

Il avait deux doigts de poussière sur le visage, les cheveux emmêlés, sa chemise était pleine de sang, sa cuirasse était déformée par les coups et il tenait son épée à la main car il n'avait plus de fourreau.

Il se laissa tomber sur une chaise et me dit en pleurant :

— Je suis au désespoir, j'ai perdu beaucoup d'amis. Nemours, La Rochefoucauld, Clinchamp sont grièvement blessés.

Sa douleur me le rendit plus aimable encore. Voilà un homme capable de s'émouvoir, contrairement à ce que ses détracteurs prétendaient !

Lorsque je le priai d'entrer dans la ville avec son armée, il me répondit :

— Je n'en ferai rien... il y a déjà eu trop de morts. Je veux sauver ce qui me reste de troupes... Nous nous contenterons de quelques escarmouches afin de ne pas donner le sentiment que nous reculons devant les Mazarins.

Il partit aussi vitement qu'il était apparu.

Je pensais à lui toute la journée. Ce mélange de courage, de détermination et de douceur faisait mon admiration. C'était un homme de cette trempe qui aurait fait mon bonheur. Nous nous serions parfaitement bien entendus car nos caractères se ressemblaient. Quelle tristesse qu'il soit marié ! Je demeurai longtemps à la fenêtre.

Curieusement, les colonels des quartiers venaient chez moi prendre les ordres. Je me croyais à Orléans. Je commandais, on m'obéissait et ce n'était point pour me déplaire, d'autant qu'il me semblait que je prenais les bonnes décisions.

Monsieur le Prince ayant oublié de me dire où je devais envoyer les troupes, je décidai de les faire se regrouper sur la place Royale. Ils pourraient y camper le soir venu et faire repaître leurs chevaux... et en cas de besoin, ils seraient tous au même endroit. Je comptais ainsi impressionner les Mazarins pour qu'ils comprennent que Paris était à nous.

Mais ce jour-là, je fus horriblement inquiète.

En arrivant au faubourg Saint-Denis, les troupes de Monsieur le Prince qui ne comptaient que cinq mille soldats furent attaquées par les douze mille hommes de ce traître de Turenne. On combattit horriblement. Monsieur le Prince était partout et batailla pendant plus de huit heures. Les ennemis finirent par forcer la barricade qui tenait le carrefour et notre cavalerie fut saisie d'une telle épouvante qu'elle s'enfuit. Furieux, Monsieur le Prince avec cent mousquetaires et trente ou quarante cavaliers volontaires firent face et réussirent à chasser les Mazarins.

Lorsqu'on me conta la scène, un sentiment d'orgueil m'envahit comme si j'avais été aux côtés de ce valeureux prince.

Peu de temps après, Mme de Châtillon vint me dire, en secret :

— On assure que votre père a traité avec la cour. C'est pour cette raison qu'il a prétendu ne pas vouloir quitter son logis.

— C'est ridicule ! m'indignai-je, jamais mon père ne trahira Monsieur le prince. Il fera jeter par les fenêtres ceux qui ont répandu de telles calomnies.

J'étais furieuse que les hésitations de mon père desservent ainsi notre parti.

La journée s'était écoulée sans que j'aie pris le temps de manger...

Je mangeai donc fort tard en compagnie de Mme de Châtillon qui était venue me voir.

— Condé est le plus valeureux des guerriers, m'affirma-t-elle, les yeux brillants de passion.

— Certes.

— Je crois qu'il est épris de moi et que je n'ai qu'un geste à faire pour qu'il me tombe dans les bras.

— Vraiment ?

— Me permettez-vous de l'attendre ?

J'aurais voulu lui arracher les yeux !

Je cachais au mieux l'animosité qui m'habitait et nous soupâmes ensemble. Toute la soirée, elle poussa des soupirs et se désespéra car Condé ne se montra pas... moi j'en étais bien aise. J'aurais difficilement supporté les regards enamourés qu'elle lui aurait décochés et j'aurais trop craint qu'il n'y réponde. Je doutais pourtant que ce guerrier se laisse séduire par une dame rampant à ses pieds et qui, de plus, accordait ses faveurs à beaucoup d'autres... il devait préférer lutter pour conquérir... et j'aimais à penser que j'étais l'objet de ses désirs cachés.

La dernière bouchée d'une délicieuse pâte de fruits avalée, je me couchai, épuisée par les événements mais l'angoisse dans laquelle j'étais ne me permit pas de trouver le repos.

25

Où la Bastille tire sur son roi

Le lendemain, Monsieur le Prince vint me visiter. Il était vêtu de frais et avait meilleure mine que la veille.

— Je suis heureuse de vous voir en si bon état, lui dis-je.

— Les Mazarins ne m'ont point touché et le sang et la poussière lavés, je suis prêt pour de nouveaux combats.

— Tant mieux.

— Je viens vous remercier de votre aide précieuse.

— J'ai remplacé le mieux possible Monsieur qui est souffrant.

Il rit et ajouta :

— Il y a longtemps que je connais Monsieur et je sais à quoi m'en tenir. Sans vous notre cause était perdue.

Qu'il reconnût ainsi ma valeur me combla de bonheur.

Je le fis entrer dans une salle où avaient pris place la comtesse de Fiesque, M. de Rohan et Mme de Châtillon. Il salua Mme de Fiesque et M. de Rohan, mais ne sembla pas voir Mme de Châtillon. Elle en fut si sensiblement touchée qu'elle faillit tomber en pâmoison. Non sans ironie, je lui dis, comme si j'ignorais l'origine de son malaise :

— La chaleur vous incommode, madame. Voulez-vous un peu d'eau ?

Elle opina du chef. Ma femme de chambre lui apporta un verre d'eau sur un plateau d'argent. Elle y trempa les lèvres, puis sous un prétexte imaginaire, elle sortit... Je ne la retins pas.

Les sentiments de Mme de Châtillon pour le prince de Condé étaient connus de tous. On prétendait qu'il y avait répondu un temps, mais qu'il s'était détaché de cette belle dame qui continuait à le poursuivre de ses assiduités. À présent, elle l'agaçait et cela se sentait. Je me disais que c'était peut-être parce qu'il n'était point insensible à ma personne. Non point que j'aie la beauté de Mme de Châtillon, mais j'avais sans doute un autre éclat... Cependant, je n'étais point de celle qui cède à un gentilhomme pour quelques minutes de jouissance. Parfois je le regrettais. Le prince de Condé était si séduisant...

On ne fit guère attention au départ de la duchesse car mon père venait d'arriver.

Jean-Louis sortit de la pièce discrètement. Plusieurs fois, il m'avait affirmé qu'il appréhendait de rencontrer son père de crainte d'être ignoré ou, pis encore, humilié. Ne pouvant rien lui garantir, je jugeai qu'il agissait sagement.

Mon père embrassa Monsieur le prince avec effusion.

— Ah, je suis bien heureux que vous soyez sorti vivant d'un si grand péril ! s'exclama-t-il.

Il voulut qu'on lui contât les combats. Plusieurs fois, je tremblai et plusieurs fois aussi je dus refouler mes larmes lorsque Monsieur le Prince annonça la mort de certains gentilshommes que je connaissais bien.

— Nous serons bientôt dans la position de demander la paix en échange du bel établissement que vous souhaitez, m'assura-t-il.

— Croyez-vous ?

— Lorsque le Mazarin sera définitivement éloigné de la cour, le roi pourra enfin suivre son inclination et vous épouser. Je vous en donne ma parole.

Je n'en étais plus du tout aussi certaine que lui. Et si chasser le Mazarin était bien le but de notre parti afin que mon père retrouve la place qu'il méritait dans le gouvernement, le reste me paraissait tenir de l'impossible. Et puis qu'il veuille ainsi me marier et donc abandonner tout espoir que je sois à lui me blessa… Pourtant je devais bien reconnaître qu'il avait raison, puisque Claire-Clémence était toujours son épouse. Il n'en parlait jamais et si je n'avais assisté à leur union, j'aurais pu croire qu'elle n'existait pas.

Que tout cela était donc compliqué !

Après ce moment de conversation, mon père s'en alla à l'Hôtel de Ville et Monsieur le Prince s'en retourna à son armée car il avait été décidé qu'elle rentrerait le soir même dans Paris. Je fis une prière muette pour que les cieux le protègent.

Quand ils furent partis, et comme la maison où je m'étais réfugiée était proche de la Bastille, je m'y rendis avec Jean-Louis. C'était la première fois. La Bastille n'est, en principe, pas un endroit où l'on songe à se rendre pour se divertir. Je me promenais longtemps sur les tours en compagnie du gouverneur, honoré par ma présence. Il s'adressait à moi comme si j'avais été un chef de guerre. Cela m'amusa et me plut tout autant. Toujours avec mon bon sens, je remarquai :

— Tous vos canons sont pointés du côté de la ville.

— Oui.

— Ce n'est pas ainsi que l'on peut défendre un bastion, assurai-je. Il faut des canons du côté de l'eau et d'autres du côté du faubourg.

Le gouverneur me lança un regard étonné, mais il ordonna que l'on m'obéisse.

Je lui pris la lunette d'approche qu'il tenait à la main sans s'en servir et je balayai l'horizon du regard. Je vis beaucoup de monde sur la hauteur de Charonne et même des carrosses.

— Sa Majesté est là ! dis-je, l'index pointé dans la direction de Charonne. Et toute l'armée est massée vers Bagnolet. La cavalerie est en grand nombre. Et... voyez... les généraux la partagent en trois...

J'attendis quelques minutes, l'œil rivé à la lunette pour connaître la direction des troupes.

— L'une part du côté du faubourg, l'autre du côté de Popincourt et la troisième va sur Reuilly. Vite ! il faut prévenir Monsieur le Prince !

J'envoyai Jean-Louis porter l'information, puis je dis au gouverneur.

— J'espère, monsieur, que nous pouvons compter sur votre aide et que si les armées ennemies s'engagent dans Paris, vos canons sauront les faire reculer.

— Vous avez ma parole, Mademoiselle.

Je regagnai ensuite la maison. De là, je vis passer toutes nos troupes qui entraient dans la ville. Lorsqu'ils me reconnurent à la fenêtre, les hommes poussèrent des cris de joie. Et comme, sur les conseils de Monsieur le Prince, je leur avais fait porter la veille du vin pour leur donner du courage, ils criaient :

— Nous avons bu à votre santé !

Les troupes de Turenne et de La Ferté s'avancèrent près de la ville pour bloquer les nôtres. L'affrontement fut terrible. J'entendais les tirs, les cris, les hennissements des chevaux... Je savais que nous étions moins nombreux que les troupes royales et je redoutais que nos armées ne se laissent écraser. J'étais dans la plus grande inquiétude.

— Avez-vous pu remplir votre mission ? demandai-je à Jean-Louis lorsqu'il fut de retour.

— Oui. J'ai répété avec exactitude vos informations à l'aide de camp de Monsieur le Prince.

Soudain, trois coups de canon retentirent... Ils provenaient de la Bastille. Sur qui avaient-ils été tirés ? Le gouverneur m'avait-il obéi ou bien avait-il tourné ses canons sur l'armée de Condé ?

Tremblante d'angoisse, j'envoyai à nouveau Jean-Louis aux nouvelles. Il revint quelques minutes plus tard et lança sans reprendre son souffle :

— La Bastille a tiré sur la cavalerie du roi !

— Vraiment ?

Je fermai les yeux, imaginant l'affreux spectacle que cela devait être... Ah, la guerre est vraiment abominable. Elle tue nos ennemis qui ont été nos amis dans d'autres temps... et elle tue des amis qui nous ont toujours loyalement servis. Je cachai mon trouble et j'enchaînai :

— Cela laissera le temps aux nôtres de sortir de Paris !

Un moment, je savourai la joie d'avoir rendu un service considérable à notre parti, mais elle fut vitement ternie par la liste des blessés et des morts que l'on m'annonça. Beaucoup étaient de mes amis et je dus bander toutes mes forces pour ne pas pleurer à chaudes larmes sur leurs pertes.

— Est-ce que... est-ce que Monsieur le Prince est ? murmurai-je, le cœur battant.

— Il est sauf, me rassura Jean-Louis... mais le neveu de Mazarin, le jeune Mancini, a trépassé.

— Quel malheur. Il n'avait que seize ans, était fort joli garçon et le roi l'avait en grande amitié.

— On conte partout que c'est vous qui avez donné l'ordre de tirer sur les troupes royales et que jamais Sa Majesté ne vous le pardonnera.

Je vacillai. Jean-Louis me conduisit jusqu'à un siège sur lequel je me laissai choir.

— Pardonnez-moi, me dit-il, je vous ai bêtement répété des ragots et...

Je le renvoyai d'un geste. J'avais besoin d'être seule. Ainsi donc, pour sauver notre parti et Condé, j'avais perdu l'amitié du roi qui m'était si chère... C'était la faute de Mazarin. C'était lui que les frondeurs voulaient chasser et pas notre gentil roi. Mais quand donc ce désordre finirait-il ?

Le lendemain qui était le 4 juillet, mon père et Monsieur le Prince se rendirent à l'Hôtel de Ville pour participer à une assemblée générale au cours de laquelle Mazarin devait être déclaré ennemi de l'État et banni du royaume. Mon père serait fait lieutenant général de l'État, et Monsieur le Prince serait nommé généralissime des armées du roi. Mais ces messieurs du parlement prétendirent qu'il valait mieux faire un accommodement avec la royauté. Condé se fâcha et cria sur le perron de l'Hôtel de Ville :

— Ces gens ne veulent rien faire pour nous, ce sont des Mazarins !

Puis avec mon père, ils regagnèrent le palais du Luxembourg où je les attendais et où ils me contèrent cette mésaventure.

À peine Monsieur le Prince avait-il terminé son récit d'une voix où perçait l'indignation, qu'un bourgeois essoufflé, portant la paille à son chapeau, insigne de notre parti, surgit et s'écria :

— Le feu est à l'Hôtel de Ville... L'on y tire... l'on se tue !

— Seigneur ! m'écriai-je... n'y a-t-il pas eu assez de morts ?

— Voilà ce qu'il advient quand le parlement ne respecte pas ses engagements.

— Allez à l'Hôtel de Ville, ordonna mon père à Condé, vous rétablirez l'ordre.

Sans doute vexé que mon père lui ait, quelques jours auparavant, refusé son aide, Condé répondit :

— Monsieur, je suis un homme de guerre et je ne suis pas bon pour les pourparlers. Envoyez plutôt M. de Beaufort. Il est aimé et connu du peuple.

— Je peux y aller moi-même avec mes officiers, pour tenter de pacifier les choses, proposai-je. J'ai réussi à Orléans, plus rien ne m'effraie.

Je vis de l'admiration dans le regard de Monsieur le Prince, mais je ne déchiffrai rien dans celui de mon père et cela me peina.

Je montai dans mon carrosse avec Jean-Louis, Mmes de Frontenac et de Fiesque qui étaient avec moi à ce moment-là et qui ne voulurent point m'abandonner. Mais elles étaient si effrayées qu'elles auraient payé fort cher pour n'avoir pas à me suivre.

Dès que nous fûmes sortis du Luxembourg, nous aperçûmes, sur le chemin, de nombreux blessés et des morts également. Mme de Fiesque se cacha le visage entre les mains.

— Prions pour notre salut ! geignit-elle.

Notre voiture s'arrêtait souvent pour laisser traverser des foules de gens qui hurlaient. Nous fûmes bloqués à la hauteur de Notre-Dame.

À un moment, mon carrosse fut heurté par une charrette remplie de cadavres que l'on menait à La Trinité.

— Attention ! criai-je à Mme de Frontenac assise contre la portière.

Elle se recula vitement au moment où un pied passait à travers l'ouverture pour lui toucher le nez. Elle poussa un cri si strident qu'on dut l'entendre de l'autre côté du pont...

Dans l'impossibilité d'avancer, nous retournâmes au Luxembourg. Mes compagnes étaient soulagées de revenir saines et sauves. J'étais fort déçue de n'avoir pu accomplir ma mission.

— Vous avez manqué de persévérance, me reprocha mon père. Il faut y retourner. Le parti compte sur vous.

J'étais si abasourdie par cet accueil que je n'osais lui répondre qu'il comptait sans doute aussi sur lui, mais, qu'une fois de plus, il ne bougeait point. Cependant, consciente que j'avais un rôle important à jouer pour arrêter les massacres, je remontai dans ma voiture, il était plus de minuit. Croyant que l'affaire était terminée, Mme de Fiesque ainsi que les gentilshommes de ma maison étaient allés se coucher. Je partis donc, accompagnée seulement de Jean-Louis et de Mme de Frontenac.

J'ai omis de préciser qu'aucune dame de mon entourage ne me fit de réflexion au sujet de Jean-Louis. Beaucoup de rumeurs coururent certainement à son sujet. Curieusement, elles ne vinrent point à mes oreilles... Il avait suffi que j'affirme qu'il était le fils d'une amie qui me l'avait confié pour que j'assure son éducation. Et ce n'était pas même une menterie ! Parfois, pourtant, l'une ou l'autre me disait :

— Je ne connais pas beaucoup de page aussi dévoué.

— Vous avez bien de la chance. Il se ferait couper en deux pour vous être agréable.

— En effet.

Et parfois, j'ajoutais pour les provoquer :

— Il est comme un frère !

Les rues étaient quasi vides. Le ciel était rempli d'étoiles, la lune éclairait comme en plein jour et je déplorai que tant de braves gens se soient entre-tués par une si belle nuit... À un carrefour, mon carrosse ralentit et une femme, en chemise, s'accrocha à ma portière. Je n'eus pas peur car elle m'apostropha d'un ton joyeux :

— Holà, ma c'est-y pas Mademoiselle ? À c't heure de la nuit ?

Je la reconnus pour lui avoir souvent acheté des rubans dans la baraque qu'elle tenait contre les murs des Tuileries.

— Mme Riche ?

— Oui. Avec mon compère Paquier, le bedeau de Saint-Jacques-de-la-Boucherie, on est venu crier *Vive le roi et point de Mazarin !*

Un homme en caleçon s'approcha de ma voiture :

— C'est y qu'vous avez besoin de protection ? m'interrogea-t-il. J'peux appeler mes amis des halles et vous n'aurez plus rien à craindre !

— Parce que... on a beaucoup tué à l'Hôtel de Ville... des bons et des méchants... y ont pas fait la différence... Y ont mis le feu... et tous ceux qui tentaient de s'échapper ils les ont jetés dans les flammes, m'expliqua la commère avec force gestes explicites.

Ils m'escortèrent jusqu'à la place de Grève où mon carrosse fut à nouveau arrêté par un homme qui mit la main sur la portière, tandis que Jean-Louis me bousculait pour me faire un rempart de son corps.

— Le Prince est-il là ? me questionna l'intrus.

— Non.

Il s'en alla mais je vis qu'il avait une arme sous le bras. Il aurait probablement occis Condé s'il avait été là. J'étais bien soulagée qu'il ne soit pas venu avec moi et j'eus un peu le sentiment de lui avoir sauvé la vie.

Enfin, j'arrivai en vue de l'Hôtel de Ville encore fumant. M. de Beaufort vint au-devant de moi.

— Ah, Mademoiselle, me dit-il, quelle pitié que de voir l'état de cet édifice... et je ne parle pas de tous ceux qui y ont péri...

— Paix à leur âme.

Nous avançâmes dans des pièces dévastées, enjambâmes des poutres calcinées. Jean-Louis me tenait parfois par le bras pour m'éviter de trébucher. Une insupportable odeur me piquait la gorge. Le bas de ma jupe fut maculé de suie.

— Il n'y a personne, allons-nous-en, se plaignit Mme de Frontenac, un mouchoir sur le nez.

À cet instant, un maître d'hôtel vint me dire que M. le prévôt des marchands était caché dans un cabinet[1] et qu'il souhaitait me voir.

— Sans moi, me souffla Mme de Frontenac qui préféra regagner le carrosse en demandant à Jean-Louis de l'accompagner.

M. Le Fèvre quitta sa cachette assez penaud, la perruque de travers.

— Son Altesse Royale m'a envoyée ici pour vous tirer d'affaire, lui dis-je. Je pense que vous avez fait au mieux dans cette pénible situation.

— Vous me faites beaucoup d'honneur en pensant de la sorte. Je vous remercie pour vos bontés, Mademoiselle. Sans votre intervention, je ne sais ce qu'il serait advenu de moi. Si je pouvais rentrer chez moi...

1. Petite pièce située à l'écart.

M. de Beaufort le guida jusqu'à une porte dérobée où il disparut. J'étais contente d'avoir sorti cet homme d'un si mauvais pas.

J'allais regagner ma voiture lorsque Mme de Frontenac entra comme une folle dans le bâtiment en criant :

— Une balle de mousquet a failli me transpercer alors que je vous attendais dans la voiture ! On a voulu nous assassiner !

Je la rassurai tant bien que mal. J'avais rempli ma mission. J'étais fatiguée. Le jour était tout à fait levé et j'avais envie de regagner mon logis vitement.

Quand je sortis de l'Hôtel de Ville, des gens crièrent : « Dieu vous bénisse ! Tout ce que vous faites est bien fait ! »

Cela me fut un profond réconfort, car, une fois de plus, je n'obtins aucun compliment de la part de mon père lorsque je le vis.

À la fin du mois de juillet, alors que la chaleur étouffait Paris et que j'allais partir chercher un peu d'air dans le jardin Renard[1], Jean-Louis entra dans ma chambre sans avoir pris le temps de frapper :

— Le duc de Nemours et le duc de Beaufort viennent de se battre en duel ! lança-t-il.

1. Vers 1643, M. Renard avait obtenu de la reine un emplacement à l'extrémité ouest du jardin des Tuileries où il construisit une sorte de restaurant qui devint rapidement un lieu à la mode où se rencontrait la cour.

— Je n'en crois rien... ils sont beaux-frères et bien qu'ils ne s'apprécient guère, ils ont le sens de l'honneur et de la famille... encore une méchante rumeur pour salir notre cause.

— Non point, c'est la vérité vraie... je le tiens d'un ami qui y a assisté de sa fenêtre. Par contre, le motif de leur querelle n'est pas certain... D'aucuns prétendent qu'ils se sont querellés pour une question de rang lors du nouveau conseil créé par les princes et d'autres qu'ils se sont disputés les faveurs de la duchesse de Châtillon...

— Décidément, cette dame est bien néfaste... Est-elle donc à Nemours, à Beaufort ou à Condé ?

— Pour l'heure ce n'est point le sujet. Nemours est mort, transpercé par trois balles tirées par Beaufort.

— Non ?

Je me signai prestement. J'estimais Nemours. Nous avions sensiblement le même âge.

— Si fait. Il paraît que Beaufort a essayé de raisonner son jeune beau-frère jusqu'à la dernière minute, mais qu'il n'a rien voulu entendre. Nemours a tiré le premier et a manqué sa cible. Beaufort a été plus adroit.

— Quel malheur ! Un si beau garçon qui avait tout l'avenir devant lui... et quelle épreuve pour sa jeune épouse et ses deux enfants...

— Le roi doit être ulcéré de voir que malgré son interdiction, les duels se poursuivent... Beaufort sera, de ce fait, condamné à mort...

— Quelle sombre histoire... et qui ne va pas arranger l'image de notre parti ! Plutôt que d'aller au jardin Renard, je vais me rendre à la chapelle des Augustines afin de prier pour le repos de Nemours.

26

Quand mon esprit s'enflamme pour Monsieur le Prince

Nous avions perdu beaucoup d'hommes durant les combats, il fallut donc constituer de nouvelles troupes, mais comme il y avait quantité de princes et de grands seigneurs dans notre parti qui voulaient avoir des régiments, la tâche se révélait difficile. Monsieur le Prince, pour bien me signifier l'estime qu'il me portait, me fit l'amitié de me permettre de participer aux discussions. Durant huit jours, on ne parla que de l'attribution des régiments. Il y en avait douze... et il ne fallait léser personne.

— Mademoiselle a fait tant de choses extraordinaires dans cette guerre qu'il faut qu'un régiment porte son nom et ses couleurs, suggéra Monsieur le Prince.

Bien que n'aimant point les armes, sa proposition me flatta. Dans le secret de mes sentiments, je pris un peu cela comme s'il m'avait offert un bijou. De nombreux officiers voulurent quitter les régiments de mon père pour servir sous mes couleurs, ce qui, une fois de plus, le fâcha contre moi.

Las, un tragique événement vint endeuiller notre famille. Mon jeune frère, M. de Valois, tout juste âgé de deux ans, mourut. Je l'avais pourtant vu la veille, porté à bras par sa gouvernante et les médecins assuraient qu'il réchapperait du dévoiement qui le tenait alité depuis six semaines. Lorsque, au matin du 10 août, on m'annonça sa mort, je me précipitai à Luxembourg pour soutenir les infortunés parents. Mon père était effondré de douleur. Il perdait le fils sur qui reposaient ses espoirs de voir un jour la branche des Orléans accéder au trône... Certes, M. de Valois était en troisième position après Louis et Philippe, mais on a vu, dans l'histoire, plusieurs troisièmes devenir roi de France par les hasards du destin.

Madame me reçut le visage bien poudré sans aucune affliction. Ce n'était un secret pour personne qu'elle n'avait pas la fibre maternelle et qu'elle se contentait d'enfanter, ne prodiguant pas une once de tendresse à ses trois premières filles, ni même à ce pauvre petit prince.

La douleur de la perte de cet enfant me fit sangloter affreusement lorsque je le vis dans son berceau, beau comme un ange. Je réussis à me calmer en pensant qu'à présent, il ne souffrait plus et qu'il était au Paradis parmi les chérubins.

Tous ceux qui me connaissaient vinrent me complimenter[1] sur cette mort. Beaucoup prirent le deuil. Monsieur le Prince se vêtit d'un grand manteau noir qui traînait jusqu'à terre. Cela me toucha beaucoup... Il fut constamment à mes côtés pendant ces tristes journées et sa présence me fut une douce consolation.

Leurs Majestés nous firent l'affront de refuser que ce petit prince soit enterré à Saint-Denis et même elles prétendirent que cette mort était une punition de Dieu pour l'injuste guerre que Monsieur faisait contre la couronne.

Un soir, alors que Jean-Louis s'évertuait à me changer les idées en me lisant quelques pages d'un texte saint, il posa le livre et me dit :

— Si Monsieur avait eu la bonté et... le courage de me reconnaître, il aurait toujours un fils pour assurer sa lignée.

C'était la première fois qu'il exprimait aussi clairement ses pensées et cela me dérouta.

— Henri IV, notre vénérable aïeul a bien reconnu ses enfants nés de Gabrielle d'Estrées, poursuivit-il. Ils sont princes du sang et portent le titre de duc de Vendôme et duc de Beaufort... et moi, je ne suis rien.

— Vous êtes chevalier de Charny et bientôt je vous ferai comte...

1. Au XVIIe siècle, complimenter a plusieurs sens. On dirait aujourd'hui présenter des condoléances.

— Oh, mon acrimonie[1] n'est pas contre vous parce que je vous dois tout. Mais tant que mon père ne me reconnaîtra point, je ne serai pas prince du sang.

— Il faut espérer, mon ami, un jour peut-être...

— Oui, peut-être, répéta-t-il, résigné.

Cependant, les escarmouches entre les deux armées ne cessaient point. La reine, le roi et toute la cour après avoir quitté Paris pour Saint-Germain jugèrent qu'ils n'y étaient plus en sécurité et s'installèrent à Saint-Denis.

Quelque temps plus tard, Mme de Frontenac vint m'annoncer d'une voix pleine de sous-entendus :

— Madame la Princesse de Condé, grosse de huit mois, a une fièvre continue.

Claire-Clémence, grosse ? Condé passait beaucoup de temps avec moi... J'en avais conclu qu'il n'y avait plus aucun lien entre son épouse et lui ? M'avait-il joué la comédie ? Il me sembla que la vie se retirait de moi.

— Nous prierons pour que sa santé se méliore, répondis-je le plus calmement possible.

— Il vaudrait mieux prier pour son salut car on assure qu'elle est mourante.

Peu après, je croisai Mme de Frontenac sur la terrasse du Luxembourg en discussion avec M. de Chavigny et comme, par politesse, je m'enquis du sujet de leur conversation afin de pouvoir y participer, Chavigny me dit :

1. Hargne, colère.

— Nous parlons de cette pauvre Princesse et nous remarions Monsieur le Prince.

Afin de cacher la rougeur qui me monta aux joues, je me détournai vitement pour faire mine d'admirer un nouveau parterre de fleurs qui avaient été plantées dans la nuit.

Mme de Frontenac qui me connaissait bien me prit par le coude et, m'éloignant un peu de M. de Chavigny, reprit sur le ton de la confidence :

— M. de Chavigny qui a l'honneur d'être l'ami de Monsieur le Prince a entendu dernièrement de sa bouche qu'il ne serait pas trop long à consoler car il songeait à vous épouser.

Mon cœur s'emballa dans ma poitrine et j'eus de la peine à souffler :

— Oh !

— Qu'en pensez-vous, ma chère ? insista Mme de Frontenac.

— Je pense... je pense... qu'il est trop tôt pour... Prions pour cette malheureuse princesse.

Incapable d'aligner trois mots, j'inventai une quelconque menterie pour quitter la terrasse. Mais dès que je fus dans mon particulier[1], une sorte de joie s'empara de moi. Le Prince m'aimait donc... Pourtant, des dizaines de demoiselles plus jeunes et plus belles que moi se seraient damnées pour être choisies de lui. Mlle de Longueville et Mme de Chatillon en premier. Ce n'était sans doute pas ce que recherchait ce vaillant

1. Être seule avec soi-même.

guerrier. Mon courage, ma détermination lui avaient prouvé que nous étions faits l'un pour l'autre. Son choix me flattait et faisait battre mon cœur. Certes, je ne serais ni reine ni impératrice d'un quelconque pays... mais je connaîtrais la douceur d'être aimée et d'aimer. Et lorsque notre parti serait parvenu à chasser le Mazarin, le Prince obtiendrait à la cour une place de choix pour bien servir son roi.

Je rêvais ainsi de longues heures avant de me décider à aller me promener chez Renard, comme je le faisais souvent puisque c'était l'endroit où il fallait se montrer. Je mis longtemps à m'apprêter. Monsieur le Prince y était. Lorsque je le vis, mon esprit s'enflamma. Nous fîmes deux tours d'allée sans nous dire un seul mot. Tout le monde devait nous observer pour guetter nos réactions. Les nouvelles vont vite à la cour ! Nous étions tous deux très embarrassés. Je regrettai d'être venue me mettre sous les regards de la cour et Monsieur le Prince devait le regretter tout autant.

Deux jours plus tard, Jean-Louis m'annonça :

— Monsieur souhaite vous voir en urgence. Il vous autorise seulement à être accompagnée de la comtesse de Fiesque et de Mme de Frontenac.

Je montai aussitôt dans mon carrosse avec ces deux dames. Je ne sais pourquoi, mais je pensais que mon père allait me parler de Jean-Louis. Cette perspective me réjouissait.

En chemin, Mme de Frontenac me dit :

— Je crois que Madame la Princesse est morte et qu'il est question de votre mariage. Et comme cette union déplaira à la cour, il faut que cela soit fait promptement et dans le secret.

Bien que cette pensée ne soit point chrétienne, j'espérai que Mme de Frontenac avait raison... car au fil des jours, mes sentiments pour Monsieur le Prince n'avaient fait que se renforcer et l'idée que, de son côté, il éprouvait les mêmes me faisait voir le ciel plus bleu et la vie plus belle.

En arrivant, Monsieur m'accueillit par ces mots :

— Devinez ce que l'on vous veut ?

Je haussai les épaules, n'osant point formuler ma pensée, mais j'étais fort impatiente et lorsque Monsieur le Prince parut, je lui servis mon plus doux souris. Il me sembla fort préoccupé car il n'y répondit pas vraiment et me dit :

— M. de Lorraine[1] m'a chargé de solliciter votre pardon pour s'être mal conduit avec ses troupes.

J'eus comme un étourdissement. Charles de Lorraine ? Mais je n'avais que faire de ce monsieur et ce n'est point pour lui que j'avais sauté dans mon carrosse et que j'avais couru jusque-là !

Je ne me souviens plus parfaitement comment je me sortis de cette pénible situation car j'avais tout bonnement envie qu'on me laisse tranquille pour pleurer.

1. Charles IV, duc de Lorraine. Il est le frère de Marguerite l'épouse de Gaston d'Orléans. Il fut allié à Condé pendant la Fronde.

Ma déception était grande et ma colère aussi de m'être laissée si aisément emporter dans la rêverie. J'étais naïve et sotte d'écouter les divagations de Mme de Frontenac... Monsieur le Prince n'avait peut-être jamais pensé à m'épouser et je m'étais monté tout un conte parce qu'il m'avait plu de le croire.

Peu de temps après, Mme de Fiesque, visiblement fort gênée, m'informa :

— Madame la Princesse est hors de danger.

Le sang dut se retirer de mon visage, mais je demeurai maître de moi, car j'eus l'audace de répondre :

— J'en suis bien aise. Nos prières auront été entendues.

Pourtant, j'aurais donné fort cher pour savoir si Monsieur le Prince était soulagé par le rétablissement de son épouse ou s'il en concevait un peu de regrets.

Dès le lendemain, Condé était chez moi. Il me parut donc qu'il n'avait guère passé de temps au chevet de son épouse et qu'il préférait ma compagnie à la sienne. Il était fort bien ajusté. Il avait la barbe faite, les cheveux poudrés, un collet de buffle, une écharpe grise et un mouchoir blanc à son cou. Cherchait-il donc à me séduire ? C'était déjà fait...

Il ne prononça pas un mot sur la santé de Claire-Clémence, et, comme si la seule façon de me faire la cour était de parler de la guerre, il me demanda :

— Voudriez-vous aller voir l'armée qui est à Charenton ?

— Volontiers.

— Alors, retrouvons-nous là-bas, je vous en ferai les honneurs.

Lorsque les dames de mes amies l'apprirent, elles voulurent toutes venir avec moi. Je portais toujours le deuil de mon frère, mais je nouai à ma manche un ruban bleu, la couleur de notre parti. Toutes les dames en firent autant. J'ai oublié de dire qu'il y avait une telle confusion dans les armées qu'afin de les distinguer, chaque parti avait choisi une couleur. Ainsi les officiers de Mazarin portaient des écharpes vertes, ceux du roi des blanches, ceux de Condé des grises et ceux de mon père des bleues.

Au pont de Charenton, nous trouvâmes Monsieur le Prince avec trois compagnies venues pour nous escorter. Ils étaient montés sur des chevaux bais, noirs et blancs et portaient des cuirasses. Le spectacle était beau.

— Dans quelques années, je vous équiperai aussi bien et vous servirez notre roi avec panache, dis-je à Jean-Louis dont le regard brillait d'admiration pour les magnifiques cavaliers.

Comme il restait une place dans mon carrosse, Monsieur le Prince s'assit à mon côté.

— Nous avons envoyé un trompette avertir nos ennemis de votre présence afin qu'ils fassent une trêve et ne tirent point.

— Non, m'insurgeai-je, si les combats sont engagés, il faut les poursuivre.

— Mademoiselle, vous êtes princesse du sang et ces messieurs, même ennemis, vous doivent le respect.

Je me rangeai à cet avis, car j'apprécie que l'on me marque le respect dû à mon rang.

Arrivés à Grobois, nous dînâmes aussitôt. Il y avait là outre Monsieur le Prince, M. de Lorraine, le duc de Beaufort et le chevalier de Guise. Ils firent sonner les trompettes, tirèrent quelques petites pièces de canon et burent à ma santé, un genou en terre afin de m'honorer. Je reçus même les compliments des maréchaux de Turenne et de la Ferté qui commandaient l'armée ennemie et qui, il n'y a pas si longtemps, étaient de mes amis. Je fus la reine de cette soirée. Monsieur le Prince conclut le repas en disant :

— Il y a longtemps que nous n'avons dîné en si bonne compagnie !

Aussitôt après, je montai à cheval pour aller voir l'armée. Celle de M. de Clinchamp était importante car les Espagnols avaient envoyé beaucoup de nouvelles troupes.

Je m'avançai jusqu'à la garde et même je la dépassai pour atteindre celle de nos ennemis. Monsieur le Prince n'eut pas le temps de m'arrêter. Le premier capitaine de M. de Turenne vint jusqu'à moi me faire compliment. Il avait les larmes aux yeux :

— Ah ! Mademoiselle, s'exclama-t-il, quelle pitié que de devoir tirer sur des gens qui sont nos amis depuis toujours !

— Dès que le Mazarin aura quitté Paris, tout rentrera dans l'ordre, affirmai-je.

Je piquai des deux car j'avais très envie d'aller jusque dans le camp adverse, mais cette fois Monsieur le Prince réussit à saisir la bride de mon cheval et le fit tourner pour regagner nos quartiers.

— Voulez-vous mettre M. de Turenne dans l'embarras ? me gronda-t-il. N'oubliez pas que nous sommes ennemis... et qu'il peut avoir la sombre idée de vous capturer pour faire plier Monsieur.

— Vous avez raison.

J'espérais vraiment la fin de cette guerre entre amis-ennemis car elle usait par trop les nerfs.

La nuit était tout à fait tombée lorsque je m'en revins à Paris avec mes dames, escortée par les troupes de M. de Lorraine qui tint à me raccompagner personnellement chez moi.

27

La fin de la Fronde

Monsieur le Prince fut quelque temps malade ce qui m'inquiéta grandement. Je ne me résolus point à l'aller voir, gageant qu'il ne serait peut-être pas satisfait de se montrer dans un état de faiblesse, mais j'envoyais Jean-Louis chaque jour prendre de ses nouvelles.

— Monsieur le prince se remet vitement de sa maladie, m'annonça mon frère le cinquième jour.

— Ah, tant mieux !

J'appris à ce moment-là que son épouse qui était accouchée[1] d'un fils qui ne survécut point était à la dernière extrémité.

Il me semblait que le destin s'amusait à jouer avec mes nerfs. Tantôt Claire-Clémence était mourante, tantôt, elle revivait... et moi j'allais de l'espoir le plus ignoble à la plus grande déception. Qu'il était donc

1. C'est la formulation du XVIIe siècle.

difficile de penser que c'était la mort de Claire-Clémence qui ferait mon bonheur... Je chassai cette pensée et, afin de gagner mon Paradis, je priais pour son rétablissement. Je n'y mis pas une grande conviction, car dès que cette information m'était parvenue, je m'étais prise à nouveau à rêver que Condé, veuf, voudrait m'épouser. Je n'étais d'ailleurs pas la seule à le penser car les rumeurs enflèrent bientôt dans la capitale au sujet de ce mariage.

Mon amie, Mme de Frontenac me dit un jour en aparté :

— Savez-vous que Monsieur le Prince a refusé plusieurs fois sa porte à Mme de Châtillon qui insistait pour être reçue ?

— Il me semble que cette dame aurait dû comprendre qu'elle agaçait Monsieur le Prince avec ses minauderies.

— Il n'y a pas plus bête qu'elle ! plaisanta mon amie. C'est une véritable girouette qui tourne vers le plus prompt à tomber dans ses bras : M. de Lorraine, Nemours, Beaufort, Condé... Mais de toute évidence, c'est vers vous que vont les pensées du Prince.

— Oh, madame ! m'offusquai-je.

Je ne demandais pourtant qu'à la croire... et je me remémorais les instants, pas assez nombreux à mon goût, durant lesquels Condé m'avait montré son attachement.

Alors qu'il se remettait à peine de sa maladie et qu'il participait à un divertissement donné par la comtesse de Fiesque auquel j'étais également, il se plaça derrière moi à la comédie et affirma assez haut :

— Je veux servir de capitaine des gardes à Mademoiselle...

Ce n'était pas vraiment une déclaration mais peut-être, étant adroit à la guerre, était-il maladroit lorsqu'il s'agissait d'exprimer ses sentiments ?

Tandis que je soupirais vainement en direction de Monsieur le Prince, M. de Lorraine se remit en tête de me marier à l'archiduc Léopold. Aussi, je m'interrogeai : « Condé n'appuyait-il pas ce projet afin de connaître ma réaction ? »

— Vous serez la plus heureuse personne du monde. Ce prince occupe son temps à composer des vers pour les mettre en musique. C'est vous qui gouvernerez. Ne le voulez-vous point ? insista Lorraine.

— Certes, la Flandre est un beau pays... et il ne me déplairait point d'en être l'archiduchesse...

Je m'abstins d'ajouter que mon cœur battant pour Condé, il m'était difficile d'être objective quant à d'autres projets matrimoniaux. Pourtant, Condé n'étant pas libre, je devais bien songer à me marier.

Tous les jours, M. de Lorraine me venait entretenir de ce projet. J'en étais un peu lassée, car on m'avait déjà plusieurs fois laissé accroire que mon mariage était sur le point de se conclure... et j'étais toujours fille !

— Je ne vous trouve guère enthousiaste, me reprocha-t-il un soir.

Perturbée et ne sachant quelle résolution prendre, je m'en tirai par une pirouette :

— C'est que se marier est une si grande affaire que parfois, cela m'inquiète.

C'est à ce moment-là que le cardinal se résolut enfin à quitter la cour et à s'en retourner en Allemagne. C'aurait pu être une victoire pour notre parti, puisque c'est ce que nous souhaitions, mais ce ne le fut pas. Afin d'arrêter définitivement cette inutile guerre, la reine exigeait que les princes de Condé et de Conti se rendent sans condition. Ils refusèrent et préférèrent l'exil.

La veille de son départ, Monsieur le Prince vint me dire adieu. Il le fit de façon très protocolaire, sans marquer d'émotion. Mais les hommes cachent mieux que nous leurs sentiments. Je réussis, pour ma part, à contenir mes larmes. Il ne me promit rien... sauf de revenir lorsque l'hiver viendrait afin de pouvoir assister aux bals et aux comédies.

— Lorsqu'on a eu furieusement de la peine, il faut avoir du plaisir, ajouta-t-il en guise de conclusion.

J'ai longuement tourné et retourné cette phrase dans ma tête pour en découvrir le sens exact. Je n'y suis pas parvenue.

Le dimanche, j'allai assister à leur départ dans la grande allée des Tuileries. Il y avait foule. L'on venait de quitter le deuil de M. de Valois et comme c'était le début de la saison d'hiver, tout le monde avait des habits neufs. Monsieur le Prince en avait un fort joli avec des couleurs de feu, de l'or, de l'argent, du noir sur du gris. J'eus beaucoup de peine à le voir partir et des larmes coulèrent sur mes joues sans que je puisse les retenir. Mais comme j'étais loin de lui, il ne s'aperçut pas de mon chagrin.

Mme de Frontenac qui était à mon côté me dit :

— Ainsi, vous en êtes bien éprise...

— Non point, me défendis-je, mais le vent vient de me porter une poussière dans l'œil.

Quelque temps plus tard, la cour qui était à Compiègne se mit en chemin pour regagner Paris. Il n'y avait, en effet, plus aucun obstacle au retour du roi dans sa capitale puisque les frondeurs en étaient partis.

Le samedi matin, alors que j'étais à ma toilette, le maître d'hôtel ordinaire du roi entra dans mon cabinet et m'annonça :

— Voilà une lettre du roi.

Mes mains tremblaient en l'ouvrant. J'avais choisi le parti adverse de celui de Mazarin, ministre de Sa Majesté... Je m'attendais donc à ce que ce pli ne contienne point une bonne nouvelle.

— Eh bien, le roi ne perd pas de temps pour punir ceux qui ont cru de leur devoir de chasser un ministre qui assurait la perte de notre pays, me plaignis-je après l'avoir lue.

La comtesse de Fiesque s'approcha de moi.

— Que se passe-t-il ?

— Je suis chassée des Tuileries. L'appartement que j'occupe depuis ma naissance a été attribué à Philippe, le frère de Sa Majesté. Je dois le libérer d'ici demain midi.

— Quoi ? Si vite...

— Je gage que cette traîtrise est ordonnée par Mazarin qui, bien qu'éloigné du roi, continue à diriger ses actions.

— Où donc irez-vous ?

— Je l'ignore. Je vais informer mon père de mon infortune et solliciter un conseil.

Mon père me reçut rapidement et, sans tenir compte de mon désarroi, il me lança :

— Il vous faut obéir.

Mais il ne me proposa aucune solution... pas même une chambre à Luxembourg pour me laisser le temps de réfléchir. Il est vrai que je ne la lui demandais pas. J'espérais que l'initiative viendrait de lui.

Je rentrai chez moi le cœur lourd.

Le roi me classait parmi les traîtres, c'était insupportable ! Je n'étais pas contre lui, mais contre Mazarin. Comment pouvait-il douter de mon attachement à sa personne, moi qui le chérissais si tendrement au point d'avoir souhaité de toutes mes forces devenir son épouse ? Ainsi donc, je ne serai jamais reine de France, je n'épouserai sans doute jamais Condé, alors quel allait être mon destin ?...

Le roi m'ordonnait de quitter Paris où j'avais toujours vécu près de lui... Mais pour aller où ?

Jean-Louis se démena tant et plus pour me trouver un logement digne de moi. Celui de feu M. de Noyers, attenant aux Tuileries, était vacant, mais personne ne savait qui possédait les clefs. Nous envisageâmes un moment de louer celui de M. Emery, mais les tractations s'avérèrent trop longues... Finalement, c'est Mme de Fiesque qui, devant mon embarras, m'offrit une chambre dans sa demeure. Ce fut, pour moi, une grande honte et un immense malaise d'être chassée du jour au lendemain de chez moi comme une vulgaire bourgeoise qui n'aurait point payé son loyer et d'être hébergée par ma gouvernante.

Le lendemain, comme je revenais de la messe, on m'apprit que Monsieur avait, lui aussi, reçu l'ordre de partir.

— Sa Majesté règle ses comptes et n'oublie personne, murmurai-je.

J'aurais dû me rendre chez mon père pour lui dire que je partageais sa peine. Mais il avait été si dur avec moi que je décidai de ne pas me montrer.

Cependant, j'allai chez Mme de Choisy dont le logis a une fenêtre qui donne sur la place du Louvre afin de voir le roi entrer dans sa capitale. Je portais un bel habit neuf et mes plus beaux bijoux et je m'étais fait coiffer fort joliment. Au fond de moi, je gardais l'espoir que le roi, en souvenir de l'amitié qu'il m'avait toujours montrée, pourrait me faire mander auprès de lui et me pardonner. La reine avait bien reçu à Bordeaux Mme de Longueville qui avait comploté contre le Mazarin ! Alors, il se pourrait bien que, pour moi, princesse du sang, elle fasse le même geste.

Un homme vendait des lanternes pour accrocher aux fenêtres comme l'on fait les jours de réjouissances.

— *Lanternes à la royale* ! criait-il.

La tension nerveuse que j'avais accumulée fit que je lançai au vendeur sur un ton ironique :

— N'en avez-vous point *à la Fronde* ?

Mme de Choisy me tira en arrière et s'affola :

— Voulez-vous me faire assommer par toute la foule venue fêter le retour du roi ?

— Veuillez m'excuser... c'est que ma situation est si dramatique que j'avais besoin d'un bon mot pour rire afin de m'éviter de fondre en larmes.

Elle me posa une main compatissante sur l'épaule.

Nous attendîmes longtemps. Enfin, la musique des trompettes et des tambours nous parvint et le roi escorté d'un grand nombre de princes, ducs, pairs, maréchaux, officiers passa sous notre fenêtre. Je n'eus de regard que pour lui. Il était magnifique, somptueusement vêtu d'un habit brodé d'or qui étincelait dans la lumière.

— Quel dommage vraiment que votre mariage n'ait point pu se faire avec Sa Majesté. Il sera, à n'en point douter, un grand roi... et vous auriez été une grande reine, me dit Mme de Choisy.

J'avais la même pensée qu'elle et je la remerciai d'un souris triste...

Dès le lendemain, Jean-Louis pénétra, affolé, dans la chambre que j'occupais chez Mme de Fiesque.

— La rumeur prétend que vous allez être arrêtée !

Mon sang se glaça. Arrêtée ! Moi... Ma vue se brouilla... et l'image d'un cachot sombre se dessina dans mon esprit. Je tressaillis.

— Il faut vous cacher.

Mme de Fiesque entra à son tour et me dit sans émotion apparente :

— Je suis vieille et je ne veux point me brouiller avec la cour... Je préférerais que vous quittiez les lieux.

Ainsi, cette dame, qui avait été ma gouvernante et qui m'avait suivie dans ma lutte contre le Mazarin, à présent que la partie était perdue pour les frondeurs, me chassait tout bonnement de chez elle. Je reconnaissais bien là sa couardise ! Pourtant, comment lui en vouloir ? Pour ne pas subir le même sort que moi, il fallait montrer son attachement au roi.

— En venant jusqu'à vous, reprit Jean-Louis, j'ai croisé Mme de Frontenac, et comme je me suis permis de lui exposer votre situation, elle vous invite à vous rendre chez sa belle-sœur, Mme de Montmort, qui possède une grande maison à l'écart du monde.

Je quittai bientôt la demeure de Mme de Fiesque dans le carrosse qu'elle me prêta pour nous rendre, en toute discrétion, chez Mme de Montmort. Cette dernière m'accueillit aimablement et s'excusa du mauvais souper qu'elle me fit servir, n'étant pas prévenue de mon arrivée.

Le désarroi me saisit. Je me sentis perdue. J'aurais tellement eu besoin d'un bras fort pour me soutenir... et d'un peu de tendresse aussi ! Mes pensées se tournèrent vers Condé. Je lui écrivis le soir même. Je savais qu'il allait mettre tout en œuvre pour me sortir de là. Il était, à présent, le seul sur qui je pouvais compter.

28

La route de l'exil

Le lendemain, Jean-Louis m'éveilla à huit heures par ces mots :

— Monsieur est parti pour Limours.

— Ainsi, il ne lui aura pas été permis de demeurer à Luxembourg.

— Il est juste qu'il paie aussi pour avoir été de la Fronde, répliqua Jean-Louis d'un ton hargneux, et je supportais mal que vous fussiez la seule à qui l'on ait ordonné de rendre son logement.

Les malheurs qui survenaient à notre père ne semblaient point affecter Jean-Louis. Au contraire même. Je supposais qu'il y trouvait une sorte de vengeance qui devait le consoler de n'avoir jamais été reconnu comme ayant du sang bleu dans les veines.

— Je vais lui demander de m'héberger. Limours est vaste. Je pourrai seconder Madame qui est près d'accoucher et essayer de renouer des liens amicaux avec mon père.

— Las, Mademoiselle, je... je sais de source sûre que..., bredouilla-t-il.

Je me redressai et je criai presque :

— Mon père ne veut pas de moi, c'est bien cela ?

— Oui. Il refuse de vous voir et clame haut et fort que vous avez toujours refusé ses conseils et que ce qui vous arrive est entièrement votre faute.

— Co... comment ? m'étranglai-je, mais c'est lui qui m'a ordonné d'aller prendre Orléans... et si j'étais à La Bastille, c'est parce qu'il n'y était point lui-même. Je devais bien sauver le parti et l'honneur de notre nom !

— Il affirme que vous avez voulu jouer les héroïnes...

— Il m'y a contrainte et je ne le regrette pas.

— Il est vrai que vous avez accompli de grandes choses.

— Où veut-il donc que j'aille ?

— Dans l'une ou l'autre de vos maisons.

— Ainsi, il m'abandonne. Mon sort l'indiffère.

Alors que j'étais complètement désorientée, ne sachant plus que faire, ni où aller, la comtesse de Fiesque me fit parvenir plusieurs billets dans lesquels elle m'indiquait que l'on me voulait arrêter et que l'on allait envoyer des compagnies de gardes pour fouiller les maisons où je pouvais m'abriter.

Cela augmenta mon trouble et mon angoisse. Contrairement à ce que j'avais envisagé quelques heures auparavant, je décidai de ne point me réfugier au Bois-le-Vicomte qui n'était qu'à quatre lieues de Paris, mais d'aller jusqu'à Provins.

Je montai dans un carrosse sans armes avec deux chevaux, un cocher et deux laquais que me prêta Mme de Frontenac qui voulut bien partir avec moi ainsi que deux de mes femmes et, bien sûr, Jean-Louis.

— Je vous défendrai au péril de ma vie, m'avait-il affirmé.

Je savais qu'il disait vrai et l'avoir à mon côté me réconfortait.

À une heure de la nuit[1], nous arrivâmes sans encombre à l'Épine. Nous avions chacun choisi un nom afin de ne pas être reconnu. Je m'appelais Mme Dupré, et prétextant avoir le visage encore boursouflé par la petite vérole, je portais un masque.

Le lendemain nous étions à Provins. J'y demeurai deux jours dans le plus parfait anonymat... mais fuir ainsi, me cacher comme si j'avais commis un crime me minait.

J'appris qu'à Paris, on s'interrogeait pour savoir où j'étais. Je n'en étais point fâchée... c'était le signe que, pour l'heure, aucune compagnie n'était sur mes traces !

On m'apporta une lettre de M. de Lorraine dans laquelle il souhaitait m'accueillir à Encerville situé à la frontière et où des troupes assureraient ma garde.

1. Une heure du matin.

On me donna aussi une lettre de Monsieur le Prince. Je m'isolai dans ma chambre pour la lire à mon aise.

J'ai bien reçu la lettre que vous m'avez fait l'honneur de m'écrire. J'ai un grand déplaisir de savoir l'état dans lequel vous êtes. Et s'il suffisait de ma vie pour vous sortir de cette situation, je vous l'offrirais de tout mon cœur. Je vous redis mes sentiments et j'attends vos ordres que j'exécuterai fidèlement, même s'il m'en coûte ma vie. Je vous conjure de le croire et de me croire absolument à vous.

À Sissonne, ce 26 octobre 1652.

Cette lettre me bouleversa. Elle était bien loin de l'indifférence et du mépris de mon père. Et j'avais tant besoin que quelqu'un me dise que je comptais pour lui ! J'y lus les sentiments qu'il éprouvait pour moi et qu'il n'avait jamais sans doute osé manifester par des gestes de tendresse. Mais, las, il était toujours marié...

Le gentilhomme de la chambre du prince, qui m'avait apporté le courrier, me dit :

— Monsieur le Prince pense que vous pourriez aller à Honfleur, un port qui vous appartient.

— Honfleur est presque en ruine et si l'on m'y vient attaquer, je m'y défendrai mal.

— Vous fuirez par la mer !

— Pour me réfugier à l'étranger ? Non. Je m'y refuse, ce serait faire affront au roi. Le mieux, je pense, est que j'aille à Saint-Fargeau. C'est une demeure isolée où personne ne s'imaginera que je puisse m'installer et pourtant, elle n'est qu'à trois jours de Paris et de

Blois... pour le cas où mon père manifesterait le désir de se réconcilier avec moi.

Ce que je gardais par-devers moi, c'est que Saint-Fargeau était également à trois jours de Stenay[1] où j'avais ouï-dire que Monsieur le Prince passait l'hiver. Cela nous donnerait peut-être l'occasion de nous revoir.

Je répondis à Monsieur le Prince en le remerciant pour ses propositions, mais j'avais choisi Saint-Fargeau comme étant le plus grand désert du monde et cependant point trop éloigné de la capitale.

Je reçus alors une lettre du roi. Cela m'inquiéta fort. Je la décachetai d'une main fébrile et je la lus. Il savait que j'allais à Saint-Fargeau... Moi qui avais pris tant de précautions pour me retirer dans ce lieu si peu connu... Voilà que toute la cour était déjà au courant de ma nouvelle villégiature ! Sa Majesté m'assurait que ce choix lui était agréable et que je pouvais y vivre en toute sûreté et liberté.

Je lui écrivis :

Je remercie Votre Majesté de l'honneur qu'il vous a plu de me faire en vous souvenant de moi. Je suis bien aise que mon séjour à Saint-Fargeau vous soit agréable. Je n'ai jamais douté que ma personne soit en sûreté sur le sol de France car je n'ai rien à me reprocher. Mon seul but a toujours été de bien servir Votre Majesté.

1. Stenay, actuellement dans le département de la Meuse en Lorraine.

Après cette mise au point, l'air me parut plus léger, car contrairement à ce que j'affirmai au roi, j'avais craint pour ma vie ou tout au moins pour ma liberté.

Nous arrivâmes à Saint-Fargeau à deux heures de la nuit. Il y avait de l'herbe jusqu'aux genoux dans la cour et ni portes ni fenêtres à la bâtisse. On me mena dans une vilaine chambre.

— Seigneur ! m'exclamai-je en fondant en larmes, avoir quitté la beauté et le confort des Tuileries et me retrouver dans cette masure, moi, une fille de France !

Mon lit n'était point encore là et je me couchai sur de la paille que Jean-Louis et le cocher allèrent vitement quérir aux écuries. J'étais si épuisée que je dormis d'une traite.

Le lendemain, après avoir exploré le château, Jean-Louis m'annonça :

— J'ai découvert quelques pièces habitables. Vous y serez plus à l'aise.

L'appartement était petit mais je décidai aussitôt d'y faire exécuter des travaux pour le mettre à mon goût. Je fis venir mes meubles de Bois-le-Vicomte car je ne savais pas où étaient passés ceux qui étaient partis de Paris. J'avais besoin de bouger, de m'occuper afin d'oublier que j'étais seule, exilée loin de la cour, des divertissements, des bals... de tout ce qui avait été ma vie jusque-là.

Plusieurs dames de qualité me vinrent voir... J'avais grande honte de les recevoir dans une maison si mal entretenue. Cependant, leur visite me fut agréable. Il me parut que l'air de Paris entrait avec elles dans ma chambre.

— Leurs Majestés sont assaillies par tous ceux qui viennent supplier qu'on leur pardonne, m'apprit Mme de Sully.

— M. le cardinal de Retz s'est pavané à la cour plusieurs jours de suite, croyant que ses fautes avaient été absoutes, reprit Mme de Laval.

— Et ce n'était point le cas ? interrogeai-je.

— Non. Le capitaine des gardes du corps l'a arrêté par ordre du roi. Il est à la prison de Vincennes.

— M. de Beaufort, Mme de Montbazon ont été contraints à l'exil, poursuivit Mme de Sully.

— Je vois que j'ai bien fait de prendre les devants et de quitter la capitale.

Le 10 novembre, la nouvelle me parvint que Madame avait accouché d'une quatrième fille que l'on nomma Mlle de Chartres. Mon père devait être cette fois encore bien déçu. Je me décidai à aller jusqu'à Blois pour essayer de me raccorder avec lui. Jean-Louis voulut m'accompagner :

— Monsieur n'a toujours pas de garçon, ne serait-ce pas l'occasion que vous me présentiez ?

— Je ne sais si le moment est opportun... Pour l'heure, sa déception doit être cruelle et il n'est sans doute pas dans les meilleures dispositions pour vous accueillir.

— Ah, Mademoiselle, je crains qu'il n'y ait jamais de bon moment.

— Je le crains aussi, Jean-Louis. Monsieur n'a jamais reconnu ses erreurs et ses égarements...

— Il faudra donc que je m'accommode de n'être jamais son fils.

— Moi-même, je ne suis sa fille que lorsque cela l'arrange.

Cette conversation trotta dans ma tête tout le temps du voyage. J'essayai d'imaginer la conversation que nous allions avoir... Peut-être, pourrais-je, lors d'un instant d'intimité, lui parler à nouveau de Jean-Louis... La minute d'après, je me disais que c'était m'exposer à sa colère sans obtenir de résultat... J'aurais tellement voulu que mon père ait pour moi un peu plus d'affection...

Il me reçut comme si aucun différend ne nous avait jamais opposés. Il parla beaucoup mais de choses insignifiantes. Il ne s'enquit point de savoir comment je vivais à Saint-Fargeau.

Je le quittais au bout de deux jours. Nous n'étions plus fâchés... mais nous n'étions pas amis pour autant. Ce constat m'affligea, mais je savais que je devrais essayer de m'habituer à ne pas compter vraiment dans la vie de mon père. Il m'avait aimée, je crois, lorsque j'étais enfant parce qu'il appréciait ma fraîcheur et mon innocence. En grandissant, notre complicité avait disparu. J'étais tout son contraire : vive et passionnée quand il était calculateur et hésitant. À présent que j'avais vingt-cinq ans et que j'étais majeure, je devais apprendre à me passer de lui et à gérer mon existence.

Las, mon souhait le plus cher était de retourner à la cour. Là était la vraie vie. La perspective de demeurer à Saint-Fargeau de longs mois... (je n'osais même pas imaginer plusieurs années) me terrorisait. J'allais dépérir... mourir d'ennui... Et comment trouver un parti digne de moi en étant dans cette campagne ? Qui se souviendrait de Mademoiselle de Montpensier si aucun ambassadeur ne me voyait dans les divertissements donnés par le roi ? Je n'étais plus la jeune princesse prête à assurer une longue descendance à un roi étranger ! Est-ce que Monsieur le Prince viendrait me visiter ? Me ferait-il un brin de cour ? Toutes ces questions auxquelles je ne pouvais, pour l'heure, apporter de réponse me minaient.

J'espérais que bientôt le roi me pardonnerait. Je reviendrais à la cour et je reprendrais la place qui était la mienne. Je garderais à jamais enfouis au fond de moi mes sentiments pour le prince de Condé comme on garde un souvenir de jeunesse... À moins, bien sûr, qu'il ne soit libre un jour prochain... Un roi ou un empereur solliciterait l'honneur de m'épouser... Et, comme je le lui avais promis, je ferai en sorte que Jean-Louis, devenu comte de Charny, épouse une demoiselle d'une grande et riche famille.

Épilogue

Voilà, j'avais terminé l'écriture de mes mémoires comme je m'y étais engagée. Cela m'avait permis, durant plusieurs mois, de tromper mon ennui et d'occuper mon esprit et mes mains... tant il est vrai que je n'étais pas portée sur la lecture et la broderie.

Cependant, en les relisant, je m'aperçus que j'avais par trop exposé mes sentiments. Les autres frondeuses n'avaient pas besoin de connaître tous mes tourments. Je risquais d'attirer les railleries.

J'entrepris alors de supprimer de nombreux passages, surtout ceux liés à Condé. Les sentiments que j'éprouvais pour lui ne regardaient que moi. Cela me prit plusieurs semaines.

J'avais hâte de lire les textes des autres afin d'en découvrir un peu plus sur leur vie que ce que la rumeur avait prétendu.

J'espérais seulement qu'elles n'auraient pas toutes agi comme moi en supprimant les endroits où elles laissaient parler leur cœur... car il est vrai que ces moments-là sont les plus passionnants.

Anne-Marie Desplat-Duc

En un quart de siècle, Anne-Marie Desplat-Duc a publié une soixantaine de romans dont beaucoup ont été primés. Rien de surprenant quand on sait que sa passion est l'écriture et qu'elle y consacre tout son temps. Comme elle aime les enfants, c'est pour eux qu'elle écrit des histoires qui finissent bien. Vous pouvez toutes les découvrir sur son site Internet :

Du même auteur, chez Flammarion :

La série « Les Colombes du Roi-Soleil » :
T. 1 : *Les Comédiennes de Monsieur Racine*
T. 2 : *Le Secret de Louise*
T. 3 : *Charlotte la rebelle*
T. 4 : *La Promesse d'Hortense*
T. 5 : *Le Rêve d'Isabeau*
T. 6 : *Éléonore et l'alchimiste*
T. 7 : *Un corsaire nommé Henriette*
T. 8 : *Gertrude et le nouveau monde*
T. 9 : *Olympe Comédienne*
T. 10 : *Adélaïde et le Prince noir*
T. 11 : *Jeanne, parfumeur du Roi*

T. 12 : *Victoire et la princesse de Savoie*
T. 13 : *Gabrielle, demoiselle d'honneur*
T. 14 : *Retrouvailles à Versailles*

La BD des Colombes du Roi-Soleil T1, T2 et T3
La série « Marie-Anne, fille du Roi » :
T. 1 : *Premier bal à Versailles*
T. 2 : *Un traître à Versailles*
T. 3 : *Le Secret de la lavandière*
T. 4 : *Une mystérieuse reine de Pologne*
T. 5 : *La Malédiction du diamant bleu*
T. 6 : *Le Fantôme de Chambord*

Dans la collection « Premiers romans » :
« Les héros du 18 »
T. 1 : *Un mystérieux incendiaire*
T. 2 : *Prisonniers des flammes*
T. 3 : *Déluge sur la ville*
T. 4 : *Les chiens en mission*
T. 5 : *Urgences en série*

Dans la collection « Flammarion Jeunesse » :
Ton amie pour la vie
Un héros pas comme les autres
L'Enfance du Soleil
Les Lumières du théâtre : Corneille, Racine, Molière et les autres

Dans la collection « Castor Poche » :
Félix Têtedeveau
Une formule magicatastrophique

Vous pouvez également découvrir le site : http://www.lescolombesduroisoleil.com/

NORD COMPO
multimédia

Composition et mise en pages
Nord Compo à Villeneuve-d'Ascq

N° d'édition : L.01EJEN001229.N001
Dépôt légal : mai 2016
Achevé d'imprimer en mars 2016 en Espagne par Liberdúplex